# リトルガールズ

錦見映理子

筑摩書房

# Little Girls

装画　志村貴子
装丁　内川たくや
（UCHIKAWADESIGN Inc.）

# リトルガールズ

# 四月

大崎《おおさき》先生の服が突然派手になったのは、中一の最後の授業参観日のことだった。桃香《ももか》はその翌日に初めて生理が来たから、よく覚えている。

目のさめるような濃いピンクの、ひらひらしたワンピース姿で教室に入ってきた家庭科教師を見るなり、生徒たちはぎょっとして、一瞬しんと静まり返った。それから、思わずどっと笑った。男子の誰かが「やべー」とつぶやいたのをきっかけに、さざなみのように「キモっ」だの「こえー」だのといった声が教室中に広がったが、日直がいつものように「起立」という号令をかけて、「礼」と「着席」まで終えると、みんな一応静かになった。親たちが後ろにいなかったら、男子はもっと騒いでいたかもしれない。

先生は服以外には特に変わった様子はなく、その日もいつもと同じように授業をした。商品の品質表示マークをいくつか黒板に描いて、そのうちの一つを指しながら「これ見たことあるひと?」と聞いた。桃香は手を挙げて指名され、「ウール一〇〇パーセントの商品についています」と答えて、帰ってからママに褒められた。

あれ以来ずっと、先生はなぜかピンク色ばかり着ている。

はっきり言ってキモい。前みたいな上下黒ばかりの、お葬式っぽい服装のほうがまだましだ。大崎先生は膨張色じゃないほうがほんとはお似合いだと思うんだけどね、とママも言っていた。

入学早々からみんな、先輩たちに倣って「ガマ子」と呼んでいた。顔がガマガエルに似ているから。だがいつのまにかそのあだ名で呼ぶ人は減って、「エロ子」とか「ピンクばばあ」とか呼ぶようになっている。

杏梨《あんり》が「大崎先生は更年期だからってうちの親が言ってたよ。更年期って、生理がなくなっちゃうことなんだって。そうすると、ちょっと頭がおかしくなっちゃう人もいるんだって」と言っていた。

「こわっ」とか「やばっ」とか言って杏梨はかれんちゃんと笑っていたけれど、桃香はあんまり笑えなかった。

生理が終わるとき頭がおかしくなるんだったら、始まるときもやばいんじゃないのかな。

あれから生理はちゃんと毎月来ていて、とりあえず今のところ、頭おかしくはなってないと思うけど。

桃香はクラスの女子の中で一番背が低くて、体の成長がかなり遅い。幼馴染の杏梨は小六からワイヤー入りのブラだったが、桃香はまだスポーツタイプの、上からかぶるブラをしている。

ふいに後ろからつつかれて、回ってきた小さい紙切れをそっと机の下で開くと「次、センパイ走るから見て！」と書いてあった。

またかぁ、と桃香は思う。

今日も全身ピンクの先生が板書中なのを確かめてから、さりげなく窓のほうを向く。桜の木々のすき間から、校庭が見える。

並んでトラックを走り出した、白い体操服姿の四人の、いったいどれが杏梨の好きな先輩なのか、桃香には全然わからない。わかったとしても、興味はなかった。

後ろの席で杏梨も同じように窓に向き、あの中にいるらしい大好きな園田先輩をじっと見つめているのだろう。桃香はつきあい程度に、しばらく体育の授業中の校庭を眺めてから、前を向いた。

杏梨とは小学校から同じクラスで、お互い親友だと思っている。毎日の登下校も休み時間も一緒だし、それでもこうして授業中に手紙をよく回すくらい、話したいことがいっぱいある。

でも、中一の二学期に杏梨に好きな人ができてから、桃香には理解できないことが多くなった。

「どうして園田先輩が好きなの」と聞くと、「だってかっこよくない？」と言われた。「どこが？」とさらに聞いたら、「えー？　だって背高いし。走るの速いし。体育祭のリレー、超興奮したじゃん？」と杏梨は薄くグロスを塗ったくちびるを光らせながら言った。

なんでみんな、そんなにすぐ好きな人ができるんだろう。

小五くらいから、誰が誰を好きとか、そんな話が多くなった。中学に入るともっとひどくなって、女子は特に、それしか話さなくなっているような気がする。

将来は女優になるんだ、と言う杏梨を、かっこいいと桃香は思っていた。中学に入ってからは芸能活動を控えているが、パパがフランス人でハーフの杏梨は、三歳の頃からＣＭやドラマに出ている。ついこの間まで、学校の子なんてコドモすぎて恋愛対象にならない、とか言ってたのに。

園田先輩としゃべったことあるの、と聞いたら、ううんまだないけど、と杏梨は言った。そして、そんなの考えただけで緊張する！　と盛り上がっていた。しゃべったこともない人をなんで好きになるのか、桃香にはよくわからなかった。好きって、もっとなんか、違うんじゃないかな。

よくわかんないけど、と思いながら桃香は、杏梨に渡された紙をぎゅっと丸めて、リラックマの絵のついた黄色いペンケースに入れた。

四時間目を終えて職員室に戻ると、黒板の前に校長が立って、みなさんちょっといいですか、と声を張り上げているところだった。隣に、始業式で見かけた新任の若い男が立っている。

なんだか陰気なのが来たわね。

大崎雅子《まさこ》は席に戻りながら、その痩せた背の高い男をじろじろと見た。

校長が「佐々木先生の産休中に来ていただくことになった、猿渡壮太《さわたりそうた》先生です」と紹介している間ずっと、隣で男は背をすぼめてうつむきがちに立っている。

しゃんとまっすぐ立てないのかしら。顔色も悪いなあ。たぶんあれね、コンビニでパンばっかり食べてるクチね。たんぱく質が足りないんじゃないかな。とりあえず豚小間切れ肉買ってきて、小松菜とさっと炒めるとか、そのくらいしたらいいのに。豆腐とわかめの味噌汁も作るといいよね。大根おろしにちりめんじゃこ混ぜて、カルシウムも摂って。雅子は頭のなかで勝手に献立を考える。そういう宿題、中一向きかもしれないな。体調別の献立表を作りなさい。

「よろしくお願いします」と言う男の声は一応大きかったが、ちょこんと首を前に突き出すようにして振るだけのお辞儀はいかがなものか、と雅子は眉をひそめた。こんなのしかいなかったのかなあ。

ま、どうでもいいけど、と教材を置いた机に視線を戻すと、「すみませんが大崎先生」と校長に呼びかけられた。

「あとで猿渡先生に美術室の場所を案内してさしあげてくれませんか。家庭科準備室にいらっしゃるついででいいので」と言われて「わかりました」と答えると、男は雅子に向かってまたちょこんと頭を下げた。

顔をあげた瞬間、目が合った。

意外とかわいい顔してるけど、と雅子は思った。前髪だけでも切ったほうがいいんじゃないかなあ。あんなうっとうしい髪じゃ、生徒に早速あだ名つけられちゃうだろうな。カッパとか、貞子とか。

昼食後に、二階の廊下をやや先立って歩きながら、「今まではどちらの学校にいらしたんですか」と雅子は聞いた。特に興味もなかったけれど。

「いや、ここが初めてで」

「あ、そうなんですか。これまでは何を」

「いや、何も」

「何もって、でも教師のご経験はおありなんでしょう」

「まあ、ちょっとは」

ちょっとって何よ、ちゃんと説明しなさいよ、こんなんで務まるわけ？　と思っているうちに、廊下の突き当たりまで来た。

雅子は振り返って「こちらです。鍵はお持ちですよね。入ってごらんになりますか」と聞いた。しかし猿渡は黙ったまま、雅子の顔に吸い寄せられたかのようにじっと見つめてきた。

なに？

なんか私、顔に変なものがついてたりするのかな。

無意識に頬に手をあててから、肩までの髪を撫でおろす。大丈夫みたいだけど？

不安になってきて、「あの、どうかされました？」と言ってみても、猿渡はなぜか無反応のままさらに凝視してくる。

なんなのよこいつ。なんで何にも言わないのよ。

不愉快そうに雅子が睨み返すと、「いいな」とぽつりと猿渡は言った。

「は？」

「すごくいいですね」

「何が」

「あなた」

「え？　わたし？」

「うん、いい。すごくいい」

こいつ、何言ってんの？

不審に思って眉を寄せると、猿渡はさらに「いいな。すごくきれいだ」とうっとりするようにつぶやいた。

きれい？

雅子はかちんときた。

それってお世辞のつもり？

そう言えば、女は誰でも喜ぶとでも思っているんだろうか。おばさんだからって、気安く褒めないでよ。きれいなわけないじゃないの。

「からかわないでくださいな」と冷たく言い放ってからすぐに、あ、と雅子は気づいた。違うかも。

きれいって、服のことかも。

今日、雅子は桜色のワンピースを着ていた。スカート部分がプリーツになっていて、動くたびに裾が揺れる。

慌ててごまかすように笑って「やだ、この服ね」と言った。「そう、きれいでしょ。色がすてきだなと思って買ったんです」

「はい」と答えるので、やっぱり、と思う。

危なかった。変なこと言うところだった。そもそもこいつが変な言い方するのがいけないんだけど。

「いや、でもそうじゃなくて」と猿渡がさらに言おうとするのを、「いいのよ」と雅子は強く制した。

「気を遣っていただかなくていいですよ。似合わないのはわかってるから。ほっといてくださいな。あなたご存じない？　今はそういうのも、セクハラってことになるんですよ。職場で気軽に外見をああだこうだ言わないほうがいいんじゃないかしら」

猿渡は、すみません、と素直に謝ったのち、「でも、本当にきれいだから」と言った。

「もういいから、入りましょう」と雅子は冷たく言い、美術室の鍵を開けさせた。教室と違って観音開きの、クリーム色をした錬鉄製のドアだ。

入るなり猿渡は、室内をろくに見もせず、おかしな提案を雅子にしてきた。

「なんで私がそんなことしなくちゃいけないんですか」と雅子は驚いて言った。

「嫌ですか」

猿渡は心外そうな顔をした。

「嫌っていうか、意味がわからないんだけど」

「ですから、僕が描く絵の、モデルになっていただけないかと」

「それはわかったけど、なんで私が」

「個展のための、モデルを探していて」

「そんなのいくらでも他にいるでしょ」

「誰でもいいってわけじゃないんです。あなたを描きたいんです。さっき、やっとみつけたって思ったんです。ずっと探してた人だって」

　こいつ、なんかやばくない？

　雅子は小さいころから、外見を褒められたことは一度もなかった。親戚に「大きくなった」とは言われても「きれいになった」とは決して言われなかったし、大人になってからも、街でナンパされた経験はもちろん、女なら誰でも声をかけてくるようなキャッチセールスに呼び止められたことさえなかった。

「なんで私なんですか」

「絶対いい絵になるって気がして」

「なんだか口説き文句みたいなこと言うのね。失礼だと思わないの」

「え、そうですか」

「そうですよ」

「すみません……。でも、絶対あなたしかいないと思って」

「そんなの大勢いるでしょう。このへん、きれいな人たくさん歩いてますよ」

「大勢いるようなのを描きたいわけじゃないから」と猿渡は不貞腐れたようにつぶやいた。

「なるほどね。むしろきれいじゃない女を描きたいってわけね」

「きれいですよあなたは。きれいです。僕は真の美を見ているから」とむきになったように言い募る猿渡に、雅子はあきれてため息をついた。

「真の美とか、恥ずかしげもなくよく言うわね。ここは職場なのよ」

「知ってます。僕、真面目な話をしてるんです。恥ずかしい話なんかしてません」

「でもそれ、仕事と関係ない話でしょ」

「仕事です。僕は絵を描くのが仕事なんです」

「あなたの仕事は、教師でしょ」

「それは生活のための仕事です。絵を描くのは、僕にとって生活より大事なことなんです」

「そんなこと知らないわよ私は」

「だから今こうしてお願いしてるんです。こんなこと僕滅多に言いませんよ。ずっと探してたんです、あなたみたいな人」

雅子はすっかり頭に血がのぼった。

「あのねえ。ここは学校なの。あなたの仕事は教師なの。私とあなたはただの同僚で、私にはあなたのプライベートに協力しなくちゃいけない理由はないの。さっきからあなた、失礼すぎるわよ。真の美だか何だか知らないけど、ここはそういう話するところじゃないの。あなた、なんだか変よ。ぜんぜん、ぜんぜん意味わかんないわよ」

そこまで早口でまくしたてると、雅子は猿渡に背を向けて美術室を猛然と出て、がんがん階段を上がり、家庭科準備室の鍵を取り出して乱暴に開けた。ドアをばたんと閉める。息がはずんでいた。なんだかわからないが、猛烈に腹が立っていた。破廉恥な、という言葉が浮かんだ。

ドアに凭れたまま、冗談じゃないわよ、と雅子はつぶやいた。そして調理実習で使うお玉やらしゃもじやらの予備が入ったケースを蹴散らして奥の窓際の椅子まで行き、すとんと座った。

ああ、煙草が吸いたい。

すぐ職員室に戻る気にはなれず、ちょうど次の時間の授業はなかったから、しばらくぼんやり何をするでもなくそこに座っていた。

絵のモデルなんて、たとえ本気で言っているのだとしても、絶対に嫌だった。人にじろじろ見られた挙句、自分の姿をわざわざ絵にされて人目に曝されるなんて、罰ゲームとしか思えない。

だけどよく考えたら、そんなに怒ることでもなかったのかな。

雅子はその晩、寝る前に思い出してそう考えた。

でもあいつ、なんだか変な言い方するんだもの。美術室の中まで案内したのはただの親切のつもりだったけど、やめておけばよかった。

落ち着かず、寝返りを打つ。枕カバーはフリルで縁取られた薄いピンク色だ。シーツやふとんカバーとお揃いで作って、右上の端に、筆記体のMの字を紺色の糸で刺繍してある。

なんであんなにムキになっちゃったんだろう。

雅子は恥ずかしくなってきて、また寝返りを打った。

天蓋付きのクイーンサイズのベッドを、雅子はもう三十年以上前から使っている。若かった雅子にとって驚くほど高額だったそれは、学校の帰りに通りがかった青山のインテリアショップの、レースやら花のレリーフやらで飾り立てられたウインドウでひとめぼれしたものだった。必ず買いますから、と女性店主に頼み込んでまず初めての夏のボーナスで半分払い、冬に残りを払ってやっと自分のものにした。

この中古のマンションは十五年前に、四十歳になった記念に購入した。結婚する予定もないし、ずっと一人で生きていくだろうと思ったから。

何の変哲もない古ぼけた1LDKの壁の色を自分でペールピンクに塗り替え、何年もかけて好みの家具を揃えて、夢のように美しい部屋にした。ベッドサイドには百合をかたどった小さなピンク色の陶器製のランプが置かれ、天井からは金色にきらめくシャンデリアが下がっている。

すごい、お姫様みたいな部屋ね、と遊びにきたことのある人はみんな、ちょっとびびったような顔つきで言う。

わかってるわよ。

そのたびに雅子は心の中で思った。

どうせ、全然似合わないって思ってるんでしょ。

お姫様みたいなベッドに眠る雅子は、ちっとも美しくも姫っぽくもない。カエルみたいにへの字に結ばれた大きな口に、離れ気味の目。背が低いわりに大きすぎる顔と、小太りの丸太みたいな体で横たわっている。

でも、一人暮らしで誰に迷惑をかけるでもなし、自分のお金で好きなように暮らすことの何が悪い、と思っていた。自分の部屋くらい好きにさせてちょうだいよ。

しかし、さすがにお姫様のような服を着ることだけは、長年できなかった。ずっと常勤で、担任も持っていたから。

でもやっと、それも終わったのだ。去年、雅子は希望して非常勤の講師になった。時給制のアルバイトだ。真面目に働いてこつこつお金を貯めてきてよかった。これからはもう、生徒や父母や同僚の目を気にすることなく、好きな服を着るんだ。五十五歳の誕生日には、奮発して買ったディオールのピンクのワンピースを着て行った。参観日だったから、保護者たちには目を剝かれたけれど、平気だった。

年をとるってこんなにいいことだとは知らなかった。誰に何を言われても、もうちっとも気にならない。

変なのが来たせいで、今日はちょっとペースを乱されちゃったけれど。ま、どうってことないわ。早く忘れよう。

雅子はまた寝返りを打って、ふかふかの枕に頰をうずめた。

午後から雨が降り始めて、帰りの会が終わった頃には本降りになっていた。掃除を終えた生徒たちが、昇降口を出てすぐのゴミ捨て場への行き帰りに、雨に濡れてきゃーきゃー声を上げているのが聞こえてくる。

雅子は職員室で、来週の授業の準備をしていた。中一のブックカバーの型紙と、アップリケ用の布。それに、中二の鉤針編みのエコたわしの材料。それらの入った段ボールを雅子は二つ重ねて持ち上げ、職員室を出て家庭科準備室に向かった。

すべて数を確認して、クラス別に分ければ、今日の仕事は終わりだ。

廊下を突き当たりまで歩いていく間に、生徒たちにすれ違っては「さようなら」と声をかけられる。抱えた段ボール箱の横から顔を出して、「早く帰りなさいよ」と言うと「はーい」と素直に返ってくる。すれ違った後に、くすくす笑う声がしたり、「ピンクエロっ」と叫んだりする男子生徒もいたけれど、まあ、みんないろいろ大変な時期だからな、と雅子は思う。

あの年頃が一番、自分の醜さが嫌だった。男子に何度も「ブス」と言われたし、女子からは「かえるちゃん」というあだ名で呼ばれていた。

ビーズ刺繍のタペストリーを作って、都知事から賞状をもらったのは、中二のときだった。夏休みの自由研究に作ったのだ。毎日いろんな色のビーズを入れたケースを机にたくさん並べて、布に描いた薔薇の絵の上に刺し続けた。きらきらのビーズを針の先で拾って、夢中で一粒ずつ刺していると、嫌なことを全部忘れられた。

ふいに後ろから「持ちましょうか」と声がした。立ち止まると、横から箱をひとつ、持ち上げられた。

「それも載せちゃってください」と猿渡が、雅子が持ったままのもう一つを顎で指してくる。

「ありがとうございます」とつい言われるままに重ねてしまう。

「なんですかこれ」

「教材です。来週から実習に入るので」

「へぇー」

痩せているわりにはしっかりした足取りで、猿渡は階段を上がった。そして「中まで運びますよ。ドア開けてください」とどんどん家庭科準備室の前まで進むのを追って、雅子は慌てて鍵を開けた。

「そこに置いていただければいいです」と入ってすぐの床を示すと、猿渡は「いや机まで運びますよ、あそこで使うんでしょ」と窓際の作業台まで勝手に進んで、脇に置いてくれた。

「助かりました。ありがとうございました」と雅子が言っても猿渡はすぐに出て行こうとせず、「美術準備室と同じ広さみたいですね」とぐるっと部屋を見回している。

「ええ。あのー。ちょっと急ぐので」

そう言っても猿渡は出て行こうとしないどころか返事もせず、懲りずにまたじっと雅子を見つめてきた。

もうその手には乗らないぞ。

「忙しいので、すみませんがもうお引き取りいただけますか」

「ちょっと見ててもいいですか」

「はあ？　何を？」雅子は思いっきり嫌な顔をした。

「やっぱり、いいな」

猿渡は少し身を引きながら、雅子をじろじろ上から下まで品定めするように眺めている。

こいつ、やっぱりすっごく失礼じゃない？

眉をしかめて、ますます嫌そうな顔つきをしてみせる。

それなのに猿渡は「邪魔しませんから。ちょっとここに座らせてください。ちょっとだけ」と、棚の前に置いてあるステップ台に座り込んだ。

「何してんですか。出てってくださいよ。人を呼びますよ」

「何もしません。ここにいるだけです」と猿渡は胸元のポケットから小ぶりのノートのようなものを取り出して、開いている。視線は雅子から外さず、じっと見つめたままだ。雅子はその視線に、落ち着かなくてたまらない気持ちになった。

「そこにあなたがいるのが邪魔なんです」

「いないと思ってください」

「そんなの無理よ」

「静かにしますから。しゃべらないし、音もたてません」

「そういう問題じゃなくて」

猿渡は聞こえなかったかのように雅子から目を離さず、手元のノートに鉛筆で何か書き始めた。

「出てってくださいお願いだから」と言うのも、猿渡にはまるで聞こえないようだった。しゃっしゃっという紙をすべる鉛筆の音がする。

「ちょっと、なに勝手に描いてんのよ」

にじり寄って鉛筆を持っている腕を摑んでから、ノートを取り上げようとした。

「やめてください」腕を強く払いのけ、猿渡もノートを離さない。

しばらく揉み合いになった。雅子が引っ張って、ノートがよじれる。猿渡も守ろうとして両手で引っ張る。

まもなくびりっと音がして、雅子は反動で床に尻餅をついた。「痛ぁ……」とうめく。猿渡も棚に激突して、どこか打ったようだった。

雅子は立ち上がろうとして、右手に裂けたノートを握っているのに気づいた。床にも破れた紙が散らばっている。粗いタッチで描かれた、何枚ものスケッチ。校舎の外観や、教室の中、そして生徒らしき人の顔などの、断片。

雅子は慌ててそれを拾い集めながら、「ごめんなさい」と謝った。

猿渡もよろよろ立ち上がった。さっきの強引さがまるで消えて、「いえ」と雅子から紙を受け取る。元気がない。そして「あーまたやっちゃった」と小さな声でつぶやき、「すみません」とため息をついた。

「いや、僕、よくやっちゃうんですよね。どうしても今これを描かなくちゃってことしか考えられなくなっちゃって。前の仕事もそれでクビになったんですよね」

絵の切れ端を握りしめたまま、「どうもすいませんでした」と例のぴょこんと顎を突き出すようなお辞儀をして、猿渡は出ていってしまった。

ドアが閉まると、雅子は作業台の前の丸椅子に力なく腰かけた。

何だかひどく悪いことをしたような気分だった。

破れた紙に描かれていた、たくさんの校内の風景が、目に焼き付いていた。

赴任したばかりなのに、もうあんなに描いてるんだ。

なんでそんなに描きたいんだろう。

しかもなぜ私を。

雅子はつい立ち上がってしまい、はっとしてまた座った。無意識に猿渡を追いかけようとしていたことに気づく。

そんなことしてどうすんのよ。

お茶でも淹れて、ちょっと落ち着こう。早くこれ片づけなくちゃいけないんだから。

雅子は姿勢を伸ばしてまっすぐに座り直した。そしてブックカバーの型紙見本を取り出して広げた。

余計なことは考えないことだわ。

心が乱れたときは、目の前のことに集中することにしている。こうして手を動かし続けていれば、いつものようにすぐ落ち着くはずだ。

校名入りの緑色のスリッパを履いた夕実《ゆみ》が美術室の前まで来たとき、ちょうど猿渡が三階から降りてきたところだった。

そこに見知らぬ女がいるのにまるで注意を払わず美術室のドアに手をかけようとする猿渡を呼び止めて、「新しい美術の先生でいらっしゃいますか。佐々木先生の後任の」と夕実は話しかけた。

「はあ」と力なく答える猿渡に、夕実は「まあずいぶんお若いんですね」と思わず声をあげた。

「はあ、まあ。もう三十二ですけど」

「お若く見えるわ。娘に聞いてはおりましたけど。あ、わたくし沢口《さわぐち》桃香の母でございます。四月から美術部の副部長をさせていただくことになったと聞いておりますが、きちんとやっておりますでしょうか。あの子傘を忘れてしまって。届けに参りました」と丁寧にお辞儀をした。

「どうも」とちょこんと首を振る猿渡をしげしげと見て夕実は「それ、ヨウジヤマモトですよね」と言った。

「は？」

「お召しになってるシャツ。パンツはギャルソンかしら。さすが美術の先生ですわ。おしゃれでいらっしゃる」

「いや、これは友達がくれたやつで。僕は何だかよくわかってなくて」と猿渡は自分の着ているよれよれの黒いシャツを見下ろした。

「センスのいいお友達がいらっしゃるのね。よくお似合いです」

「はあ、そうですか」

「あらすみません」と夕実は笑った。「つい、目についちゃって。よく娘に叱られるんです。学校で営業しないでって」と肩に掛けていたボッテガ・ヴェネタのバッグを探り、

「わたし、実はこういう店をやっておりまして。大崎先生はお得意様なんですよ。桃香の担任の結城《ゆうき》先生も何度かいらして下さって。少しですけどメンズもあります。学校からすぐなので、お気軽に見にいらしてくださいい、是非、そのお友達と」と言いながら、「セレクトショップ・アジール　店長　笹原夕実」と書かれた名刺を差し出した。

「パパのとこに？　今日も？」と桃香は傘を傾けて夕実を見上げた。とたんに雨が降りかかってきて、慌ててまっすぐにする。制服の裾がびしょびしょにならないようにしなくちゃ、と思う。プリーツにアイロンかけるのはすごくめんどくさい。

「ごめんね。急な打ち合わせが入ったの」

「ふーん、何の？」

「次のカタログの」

「写真えらぶの？」

「そう」と夕実はそっけなく言い、桃香は「なんか嘘っぽい」と思った。

夕実はお気に入りのオフショルダーの、青いワンピースを着ていた。

そっか。ママがこの服を着てるってことは、たぶんデートなんだ。

「りょうかい」と桃香は言った。「じゃ、鞄置いて着替えたら、すぐパパの会社に行くよ」

「気を付けてね」

「うん、大丈夫。ママこそ遅くなりすぎたらだめだよ。酔っ払ってタクシーのひとに迷惑かけないでね」

「ふふふ、やあねえ、パパじゃないんだから大丈夫よ」

傘を叩く雨音がする。

見上げなくても、夕実の顔がもう輝いているのが、桃香にはわかった。

杏梨やかれんが先輩を好きなのはよくわからないけど、と桃香は思う。ママに好きな人がいることはよくわかる。

デートの前はよく、ママの周りの空気がこんな風にきらきらする。ママからどこかに向かってそのきらきらが流れるみたいな感じになる。パパと一緒のときにはそれは流れない。他の誰と会っても、そうはならない。好きな人に会うときだけだ。

雅子はまた、寝る前に猿渡のことを考えていた。

職員室で席が近いのが面倒だ、とため息をつきながら寝返りを打つ。作ったばかりのオーガニックコットンのネグリジェは踝が隠れるまでの丈で、たっぷりした袖口のフリルが素敵にできて気に入っているのだったが、薄手で下半身が冷えるのが気になるから、腹巻をして、長めのレッグウォーマーを編んだのも穿いている。

帰りがけに会って、またモデルのことをお願いされてしまった。「そんな暇ないから」と断ると、「じゃあ、夏休みになったらでいいです」と言われた。雅子と猿渡は、非常勤だけが集められた廊下側の島にデスクがある。家庭訪問が始まっていたから、職員室は閑散としていた。向かいの席の技術科の教師が帰ってしまうと、残ったのは二人だけだった。

「だけどそんなことして私に何のメリットがあるの。ないでしょ。完全にボランティアしろってことでしょ」と雅子は念を押した。

「お礼は何かちゃんとしますんで。とりあえず、まずスケッチだけでもさせてもらえませんか。ほんの少しの時間でいいんで」

「ちょっと考えさせて」とあんまりしつこいから仕方なく言ったけれど、やるつもりなんて全くなかった。

そもそもなんで私なんかを描きたいのかが未だにわからなくて不気味だ、と雅子は思う。やはり不恰好なモデルがいいのだろうか。ロートレックの、大股開いたピエロの女の絵みたいな？　あんなふうに描いてもらえるんだったら、もしかしていいかもしれないけど。モデルって、どのくらいの時間かかるんだろう。ずっとじろじろ見られているなんて、耐えられるだろうか。

だけどそもそもあの人、いったいどんな絵を描くんだろう。

なんだかすっかり目が冴えてしまった。

枕元のランプをつけて起き上がり、ちょっと一杯飲んでから寝よう、と雅子はピンクのタオル地のスリッパに素足を差し込み、ポケットにリボンのついたキルティングのガウンを羽織った。

# 五月

勇輝《ゆうき》は金曜日が嫌いだった。

金曜は部活も塾もなくて、家庭教師も来ない唯一の日だ。時間を気にせず晩ごはんを食べられる。それでお母さんが張り切って、やたらと作りまくってしまう。

普段から多目にごはんを作りすぎる傾向はあったけれど、金曜日は特にひどかった。テーブルにところ狭しと並べられた、凝った料理の数々を見ると、勇輝はげんなりした。最近ますます、母親が自分にエネルギーを注いでくる。

帰りたくないなあ、と勇輝は思った。それで放課後もこうして金曜日はよく、のろのろ教室に居残って宿題をしたりしているのだった。

ほとんどの生徒は帰ってしまって、他のクラスの友達を待っているらしい女子が数人、黒板の前でおしゃべりしながら落書きしているくらいだ。

校庭から、野球部のランニング中の掛け声が聞こえてくる。

兄弟がいればよかったのになあ。でも、同じく一人っ子の桃香にこないだそう愚痴ったら、「私はそんなこと考えたことない」ってきっぱり言われたんだった。

そりゃ、桃香んちみたいだったらいいだろうけど。

お互い塾に通うようになるまでは、毎日のように向かいの桃香のマンションに遊びに行っていた。

勇輝は算数や理科が得意で、桃香は図工や作文がうまかったから、助け合って宿題を終えると、夕食までいろんなことをして遊んだ。

小さいころ二人で一番熱中したのは、秘密基地づくりだった。桃香の家にはママ専用の洋服部屋があって、その一角の鞄がずらっと並んだ棚の下を、基地にしていた。布を敷いて、クッションやら小さな電気スタンドやらを持ち込んで、わざわざ暗くて狭いそこで、漫画を読みふけったりお菓子を食べたりした。

夕方、桃香のママが店から帰ってくると、まっすぐ秘密基地にやってきて、「ただいま、小さなスパイちゃんたち」と言った。そして狭苦しい棚の下に、自分も潜り込もうとした。「やめてよ。大人は入っちゃだめなんだよ」と押し返されながら、「仲間に入れてよ」とママは頭だけ突っ込み、桃香と一緒に楽しそうに笑った。

「勇輝くん相変わらず男前ね」とママはよく言った。「大人になったらどんないい男になるのかしらね。楽しみよ」

勇輝は桃香のママに会うといつもどきどきした。自分のお母さんはもちろん、知っているほかのどんなお母さんとも、桃香のママは違った。いつもきれいな服を着ていて、すごくいい匂いがしたし、長い髪はつやつやで、細くて白い腕にはいつも金色のブレスレットが光っていた。時々夕方からお酒を飲んでいることがあるのにもどきどきしたし、そういうときはよく、桃香だけではなく勇輝にもハグしてくるのだった。

あんなお母さんがいていいなあ。

桃香のパパも、うちとは全然違うしな、と勇輝は頬杖をついて、くるくる右手でシャーペンを回しながら思った。

遊びに行ってそのままごはんをごちそうになるとき、桃香のパパが甲斐甲斐しく食器を並べたり、ママの指示でサラダの味つけしたりするのを見て、勇輝は最初ものすごくびっくりした。自分ちのお父さんがお母さんを手伝うところなんか、見たことがなかったから。

桃香のパパはいつもにこにこしていて、食事中もよくしゃべる。言葉づかいも丁寧で優しかった。素敵なお父さんだなあ、と勇輝は思っていた。見た目は全然かっこよくなくて、背も低いしハゲだし、あのきれいなママと夫婦には全然見えないんだけど。

うちのお父さんは、たいてい機嫌が悪くてぴりぴりしている。口を開くのは命令するときか、お説教するときくらいだ。

勇輝は食事中に父親に勉強のことばかり言われるのも嫌だったけれど、もっと嫌なのは、母がまるで父の召使のように見えることだった。

ビール持ってこいとか、そろそろ酒にしてくれとか、もうちょっとつまみになるようなものはないのか、とか言われてさ。それでお母さんはしょっちゅう台所に立たなくちゃならなくて、たいてい一緒に食べられない。

桃香の家とはまるで逆だ。桃香の家では、パパのほうがママの召使のように指示されて、嬉々として働いているのだ。

うちのママは仕事してるから、と桃香は言っていたけれど、それだったらうちだって中一の頃からお母さんもパートで働き始めたのだ。週に二日だけだけれど。それも、お父さんはすごく渋っていた。なんでそんなことしなくちゃいけないのか、暇なら習い事でもすればいいだろう、勇輝の受験はどうするんだ、とかいろいろ言って。同じアパートの人たちには隠すように、とも言われていた。お父さんは、この警察官舎に住んでいるようなエリートの妻が働くのは恥だと思っているのだ。確かに、同じアパートの友達のお母さんは、みんな仕事していないみたいだけど。

母がいつか、趣味のパッチワークキルトの店を出したいという夢を持っているのを、勇輝は知っていた。前に桃香のママに相談しているのを聞いていたから。たぶんそれで、資金を貯めようとパートを始めたのだろうと思うのだけれど、週二日じゃなあ。何年かかるかわかんないよ。第一、そんなことお父さんに言ったら絶対反対されるから、結局できないだろうなあ。

お父さんがあんなだから、俺に愛情注ぐしかないのも仕方がないんだけど。

勇輝はそこまで考えるとますます家に帰りたくなくなって、あーあ、と思わず声を出した。

その声に、二列前の席に残って編み物をしていた浅羽《あさば》小夜《さよ》が振り返った。

あ、ごめん、と勇輝は言い、小夜に向かって照れたように笑いかけた。

「それ部活の課題?」と勇輝が聞くと、小夜は黙って首を横に振った。

「何してんの。誰か待ってんの」

「別に」と素っ気なくすぐ前に向き直った小夜を見て、「なんか愛想のないやつだな」と勇輝は思った。一年のときから同じクラスだったが、しゃべったのは初めてのような気がする。小夜の後ろ姿を、勇輝はしげしげと見つめた。腰までの長い髪を、校則通り黒いゴムでひとつに束ねている。女子たちの間で最近、複雑に編みこんで束ねるのが流行っているようで、休み時間や放課後にやり合っているのをよく見かけるが、浅羽がそういうことを誰かとしているのを見たことはなかった。友達いないのかな。

ふと思いついて「あのさー」とまた話しかけた。

「何？」と振り向いた小夜に、勇輝は「ヒマなんだったらさ、ちょっとミスドつきあってくんない？　見つかったらやばいから、遠いほうの」と言った。

急いで商品をハンガーに掛け直していると、美紀子《みきこ》さんが「あとはやっておきますよ」と声をかけてくれた。接客用の丸テーブルは、広げた服でいっぱいになっている。

さっきまで、スタイリストのお客さまが来ていた。二階に借りているストック置き場から靴やバッグの在庫もたくさん持ってきたりしたので、店内は物であふれている。

こういうとき、もっと広い場所を借りようかと思わないでもなかったが、夕実はこの小さな隠れ家みたいな店が気に入っていた。路地の行き止まりにある、古いビルの一階。「アジール」は避難所という意味のフランス語だ。下見に来たときにひらめいて、店名にした。

十四年前のあの日、夕実はがらんとした空き店舗に足を踏み入れるなり、ここだ、と思った。間口は狭いけれど、天井が高くて奥行きがある。高い窓から、夏の明るい光が差し込んでいた。何だか教会みたいな空間だな、と夕実はぐるっと中を見回しながら思った。この壁を取り払ってショーウインドウを作ってもいいか交渉しよう。ドアはアンティークの木製にしたいな。

「手付いくらでおさえていただけます？　いますぐ全額お支払いするのは無理ですけど、来月までには何とかしますから」といきなり言ったら、驚かれた。

「ほかの候補は見なくていいんですか。ここリフォームしてからもだいぶ経ってますよ」と内見に同行してくれたそこのオーナーの不動産屋が言った。禿頭の、目鼻立ちのぼんやりした大人しそうな男だ。でも、着てるスーツは高そう。その人とまさか後に結婚することになるとは、さすがにそのときは夢にも思わなかったが、感じのいい人だな、とは思った。心配そうに見ている男に向かって夕実は微笑んだ。

「大丈夫です。自分の勘は信じることにしてるの」

男は「確かに、タイミングは大事ですね」と答えた。

高額だった賃料をかなり値引きしてもらって、敷金と礼金は分割でもいいと言われたが、夕実は一括で払えるから、と断った。そして「こう見えて結構稼いでいるんです。ここからも近いので宜しかったらぜひ」とそのころ働いていた赤坂のクラブの、源氏名が書かれた名刺を差し出したのだった。

「桃香ちゃん、今日は遅いですね」美紀子さんはアレキサンダー・ワンの黒いシンプルな細身のワンピースをハンガーに掛け直しながら、壁の時計を見た。

「これから雑誌の取材だから、桃香には夫のとこに行くように言ってあるの。例のプラダのドレス載せてもらえるみたい。じゃあすみませんけど、後よろしくお願いしますね」と夕実は外した値札を売上ノートに挟んでから、引き出しに仕舞った。

店を出ると、静かに雨が降っていた。

バッグにいつも入れてある、折り畳みの藍色の傘を開く。どこもかしこもコンクリートで固められているこのあたりも、雨が降ると土の匂いがする。

ここでも傘をささずに歩ければいいのに、と思う。年に四回買い付けに行くロサンゼルスでは、スウェットのパーカーをかぶって、雨のなかを平気で濡れながら歩く。向こうのひとたちはあまり傘をささない。あれは野生の動物になったようで素敵だ。

傘を打つ雨が、柔らかい音をたてている。

こんな春の雨に濡れるのは、気持ちがいいだろうな。好きな人と手をつないで歩けたら、もっといい。

早瀬《はやせ》はいまごろ、車の中だろうか。

臙脂色のオペルのフロントグラスに、ぽつりぽつりと雨粒が落ちているさまを想像する。早瀬がすぐにワイパーを動かそうとするのを、夕実はいつも止める。少しだけ待って、と言うと、またか、と苦笑いされる。雨粒が窓を流れていくのを見るのが好きなのだ。すぐそこで雨が降っているのに、ここには届かない。二人だけで世界から隔絶された感じがする。早瀬の煙草の匂いに、夕実が首筋に吹き付けたジャドールの香りが混ざり合った、車の中。

いま、あの助手席には誰が乗っているんだろう。

ゆうべ会ったとき、たまには遠出しようと誘われた。明日も店があるから無理よ、と夕実が言うと、じゃあ明後日でもいいよ、と早瀬は言った。二日間オフなんだ。

二人でよく行くウイスキーバーは、アジールから坂を下って十分ほど歩いたところにある。昨夜は、コの字型の大きなカウンターに座った。華奢な蓋のついたウイスキーグラスをあけて、香りを深く吸い込むと、黴とほこりと、お香のような匂いがした。タリスカーという、スコットランドの島で作られたウイスキーだと、バーテンダーがすすめてくれたものだ。

「国道135号線を走りたいな。海岸線を走って、海を眺められるホテルのプールで泳ごう」と早瀬は言った。早起きして、海釣りもいいな、とも言った。早瀬は仕事がオフになると、夕実の仕事のことなどおかまいなしにこうして誘ってくる。そもそも、アジールの定休日がいつなのか、覚えていないのかもしれない。

「だめよ。明日は朝から店に出ないとならないし」

「じゃあ早めに上がって、午後から行こうよ」と早瀬はいつものように屈託ない笑顔を見せた。短く刈った髪に、よく日焼けした顔。フォトグラファーというよりテニス選手みたいだ。先週、撮影がハワイであったと言っていた。仕事でもオフでも、早瀬はしょっちゅう旅に出る。そしてその旅先で、よく恋をする。むかし私ともそうだったように。

小夜は自分から全然しゃべらなかった。目を伏せて黙ってお茶ばかり飲んでいる。勇輝はすぐに後悔した。誘うんじゃなかった。そもそもこいつのことよく知らないし。何を話せばいいかわからない。

向き合って座ったミスドのテーブルには、勇輝の食べかけのフレンチクルーラー半分と、小夜の紅茶のカップが載ったトレイが置いてある。隣のテーブルでは、近くの私立高校の制服を着た女子四人組が、買ってきたばかりらしい化粧品のパッケージを開けて見せ合っている。

「おまえんち、こっから遠いの」

答えてくれそうな質問をしてみると、「電車で二十分くらいかな」と小夜は言った。

「なんで越境してんの」

「小学校のときからだから。友達いるし」

「友達って誰」

「水田さんとか、吉川さんとか」

「ふーん」勇輝にはその二人の顔がいまいち思い出せない。C組のやつらかなあ。話題が見つからないので、もう帰ろうかな、と時計を見ると、まだ五時にもなっていなかった。帰って母親の相手をするのと小夜とこのまま向き合っているのとを天秤に掛けた結果、仕方なく「宿題でもやろっか。まだやってないよね」と誘うと、小夜は「もうやった。数学も英語も終わった」と即答した。うげーマジかよ、と内心でつぶやいた勇輝に向かって、小夜は初めて顔を上げ、「でも、やることはいくらでも持ってるよ」と教室で編んでいた毛糸を鞄から取り出した。

そのとき後ろから「浅羽さん！」という大きな声が聞こえて、振り向くと桃香が立っていた。

「あれー勇輝もいるんだ。こんなとこでなにやってんの」

「お前こそなんでここにいんの。今日そっこーいなくなったよね」

「ごめん、パパの会社に行く約束してたの。でもまだパパが仕事終わんなくて。なに、勇輝、浅羽さんと仲いいんだ。いつの間に？」

「いや、今日たまたま居残ってたのが俺らだけで……」

「浅羽さんも寄り道なんかするんだね！」と桃香はテーブルの脇に立ったまま、小夜に向かって笑いかけた。黙って頷いた小夜に、「何編んでるの、それ、すっごくきれいな色だね。私もピンクのマフラー持ってるけど、それのがずっときれい」と言うと、小夜はさっと隠すように持っていた編みかけの毛糸をテーブルの下におろした。

「私もなんか飲み物買ってくる。勇輝これちょっと持ってて」と言う桃香から、勇輝が鞄を受け取ろうとしたところで、急に小夜が立ち上がった。

「わたし帰る」

「え、なんで」

「帰りたいから」

「え、待ってよ、ごめん、私のせい？」

「違うけど、もう帰る」

編み物を布製の大きなサブバッグに突っ込むように入れて、小夜は学生鞄を肩に掛けた。どうしたの浅羽さん、と桃香が言うのを無視して、小夜は勇輝に「紅茶おごってくれてありがとう」と告げて出て行ってしまった。

「なんだあれ」

勇輝はあっけにとられたように見送った。

「どうしよう、なんか嫌なことあたし言ったのかな」

「別に言ってないじゃん、あいつちょっと変だよ。俺ともぜんぜんしゃべらないし。お前来て助かったわ」と勇輝は向き直った。

「気にするなよ」と言ったのに、桃香はそれからお父さんの会社の人が迎えに来るまでの間、ちょっと元気がなかった。


浅羽小夜とやっと仲良くなれるかと思ったのに。嫌われちゃったかもしれない。

そう思いながら、桃香は不動産屋のカウンターの一番端の席で、宿題の数学のノートを広げて座っていた。小さな観葉植物の鉢が、カウンターの角に置いてある。ふたつ置いて左の席で、若い女のお客さんが店員と話をしている。

赤坂見附の駅前の沢口不動産を、桃香の父の行人《ゆきと》は経営している。沢口家はこのあたりにたくさん土地を持っていて、祖父の代から営んでいる不動産業を行人が、ホテル経営をその兄が、引き継いでいた。

ノートの端に鉛筆で書いた検算の跡を消していると、秘書の田中さんがやってきて「お父さんもうちょっとかかるみたい。ごめんね」と言った。だったらもうちょっとミスドにいればよかったな。

ママが仕事でいない夜は、たいていパパに食事に連れて行ってもらう。

パパと出かけるのは好きだった。大人しかいないフレンチレストランはもちろん、深夜の喫茶店や、時にはバーにも何度か連れて行ってもらった。ママには内緒だよ、と言われると秘密を共有したようで嬉しかった。

でも最近、桃香はパパといると、なぜか自分のほうがつきあってあげているような気分になる。

おなかすいたなあ。勇輝とあのままミスドでご飯食べてもよかったな。小夜も一緒だったら絶対そうしたのに。

浅羽さん、なんで逃げるみたいに帰っちゃったんだろう。やっぱり私のせい？

桃香はまたちょっと暗い気持ちになった。

小夜はクラスで一番背が高くて、大人っぽい子だ。やっと生理が来たばかりでまだ背が伸び続けている桃香と違って、小夜はもう完全に身長が止まっているようだった。胸もけっこうあるし、生理もたぶんすごく早かったんじゃないかと桃香は思っている。小夜は授業の合間の休み時間にも、たいてい俯いて何か編んだり縫ったりしているせいか、クラスの女子のどのグループにも入らずいつも一人でいる。だからほとんどしゃべったことはなかったけれど、中一の夏休みの宿題で、小夜が驚くほど細かくて美しい刺繍のほどこされたテーブルクロスを作ってきたのを見たときから、なんとなく気になる存在だった。黙々と布を縫ったり毛糸を編んだりしているのを見かけるたび、何を作っているのか、知りたくなる。

まさか待ち伏せてるんじゃないだろうな。

家庭科準備室から二階に降りていくと、三度に一度くらいの割合で美術準備室のドアがタイミングよく開き、猿渡が顔を出す。

今日もそうだった。

「だいぶ居心地よくなってきたんですよ。ちょっとご覧になりませんか」と猿渡はドアを大きく開けた。別にたいして見たくもなかったけれど、少しつきあってやるか、という気になった。雅子は今日、ちょっとだけ気分が良かったのだ。

春休みから少しずつ縫っていたワンピースが、やっと今夜中に完成するというところまで来ていた。

もうすぐあれを着られる。もしうまくできたら、次の授業参観日に着たいと雅子は思っていた。そうすれば、アジールの店長にも見せることができる。

サンローランの八〇年代のドレスで、状態のいい物が入りましたので見にいらっしゃいませんか、とアジールの店長、すなわち沢口桃香の母から電話がかかってきたのは春休み半ばのことだった。何度か買ったら、ピンクの服が入ると店頭に出す前に教えてくれるようになったのだ。すぐに行って試着してみて、ため息が出た。薔薇色の柔らかいシルクジョーゼットの生地を、たっぷり使ったワンピース。着ると気のせいかほんの少しスリムに見えるようだった。この色絶対お似合いになると思って、と店長は言い、自分でも確かによく似合っている、と思った。しかしとても手が出る値段ではなかった。熟考のすえ、買うのは諦めて、でもどうしても忘れられずに、西日暮里の布地問屋を隅から隅まで探して、やっと似たような色の布を見つけ出した。

若い頃は、こんな派手な色の服を着て職場に行こうものなら、先生今日はなんかあるんですか、デートですか、彼氏できたんですか等々、職員室や教室でいちいちうるさいことを言われたりからかわれたりするのを避けられなかった。ちょっと短いスカートを穿いただけで、生徒の親が、子供に悪影響だと言ってきたこともあった。

理由がなくちゃ、きれいな服を着ちゃいけないっていうの？

ただ気分よく過ごしたいだけよ。調理実習のたびに男子が大騒ぎするのを怒鳴り続けるとか、授業中針を動かしもしないでおしゃべりばかりする女子を注意し続けるとか。こっちは何十人もの、家庭科を休み時間だと思って舐めきってる子達を相手にしてんだから。たまには明るい色でも着ないとやってられないわよ。誰かに見せるために着てるわけじゃないのに。

そうは思いながら、若い頃は言えなかった。やっぱり似合わないからそんなことを言われるんだと思い、きれいなピンクのワンピースをタンスの奥に仕舞いこんで、二度と着なかった。

でももう平気だ。こんなばばあがデートするわけがないとみんな思ってるし、実際何もあるわけがない。ちょっとおかしなことをしても、更年期だからね、で何でも片づけてもらえるのはすごく楽なことだった。

入ってみると、美術準備室は確かに一変していた。

物置としてしか使っていなかった前任の佐々木先生のときとはすっかり違って、殺風景だった部屋は、小さなアトリエとでも呼びたくなるような雰囲気になっていた。床に置かれた大小のカンバスや、イーゼル。授業で使うトルソーや画材の置かれた棚。そして壁には、すきまなくたくさんの絵が掛けられていた。雅子の視線はそのうちの、窓の上の一番目立つところに掛けられた絵に釘付けになった。

裸婦像だ。

こんな生徒の目につきやすいところに、全裸の女が掲げられていていいものだろうか。眠っているらしい女は、こちらに脚を投げだした、官能的と言っていいようなポーズで、濃厚なタッチの油彩で描かれている。なんでこんなのをわざわざここに掛けてるのかしら。教科書に載ってる絵のコピーかしら。

「これ、誰の絵ですか」と聞くと「あ、僕です。全部僕のです。こうやっておけば、授業で見本をみせるとき探すの楽かなーって」と言うので仰天した。

「こんなの授業で見せるんですか！」

「……だめですか」

目を剥いた雅子の表情に気づいて、猿渡は不思議そうに言った。

「だめに決まってますよ！」

「なんでですか」

「なんでって、こんなの見せたら問題になりますよ！」

「どこで問題に？」

「どこって、生徒が親に話したりするでしょう」

「話したら問題なんですか」

雅子は呆れて「あのね」と言った。こいつ、何にもわかってない。

「いろんな保護者がいるんですよ。ただでさえ生徒たちは多感な時期なんですから、学校で先生が裸の女の人を描いてみせたとなると、いろいろ」と雅子が言いよどむと、猿渡は笑った。

「これは猥褻なものではないですよ」

「そうかもしれないけど」

「美術を教えるってことは、基本的に、良い作品をたくさん見せて、作らせるってことに尽きるわけです。教科書だけじゃなくて、できれば僕は自分が好きな芸術家の、例えばクールベの『眠り』とかゴヤの『裸体のマハ』とかもどんどん見せるつもりだし、チャンスがあれば校外学習で美術館にも連れて行きたいと思ってて。まあ僕の絵はそういう芸術家のものとは程遠いかもしれないけど、実物を見るのは大事な経験でしょう。印刷物とは色とか質感も全然違うんですから」と熱心にしゃべる猿渡に押されて、雅子は「はあ」と答えながら改めて壁の裸婦を見上げた。

かなり若い子だわね、これは。

すっきりと伸びた手足に、輝くように白い肌。なめらかな体の線が美しい。

じっと見ていると、官能的なだけじゃなくて、次第に哀しい雰囲気もあるような気がしてきた。

これって、愛の行為が終わった後じゃないかしら。

さっきまで重ね合っていた体を離して、ふと醒めた目で見ている男のかなしみと、見られている女のかなしみが、この絵の全体から伝わってくるような気がする。灰色の壁とかワイン色のカーテンとか、背景がいいのかしら。

ふーん。

思ってたよりずっと素敵な絵を描くじゃないの、と雅子は思った。

しかしこういう絵って、専用のモデルがいるのだろうか。それとも、これはほんとに恋人を描いたのかしら。

見回すと、他にもサイズは小さいながら、いろんな体つきの裸婦の絵があちこちにあるのを見つけ、雅子はじわじわ頭に血がのぼるのを感じた。

猿渡は、基本的にいつも、女の裸を描くのだろうか。

もしかして。

こいつのモデルになるってことは、最終的に裸になるってことなの?

# 六月

　放課後、席で図書室から借りた本を読んでいたら、演劇部の自主練に出ると言ってさっき別れたばかりの杏梨が、「ちょっと来て、たいへんたいへん」と興奮を抑えきれない様子で戻ってきた。

「どうしたの」とびっくりして聞くと、「いいから来て。早く早く」と腕を取られた。

テストが終わってやっと読めると思ったのに、と桃香はしぶしぶ『ゴッホの手紙』を閉じて、杏梨に腕を組まれて引っぱられるように教室を出た。

「やばいよ、スキャンダルだよ」

「誰の？」

「猿渡。あいつエロいだけじゃなくて、ホモだったんだよ！　ウケるー」と杏梨は笑いをこらえながら言った。

美術準備室にびっしり飾られた絵を見た男子たちから、猿渡は「エロわたり」と呼ばれるようになっていた。杏梨もたまにそう呼んでいる。

でも、桃香はどうしてもそのあだ名で呼ぶ気にはなれなかった。みんなはちゃんと教科書通りに授業をしていた佐々木先生のほうがよかったみたいだけど、桃香は猿渡先生のほうがずっと面白いと思っていた。教科書に載ってない絵も見せてくれるし、おかげで知らなかった画家の名前もたくさん覚えた。芸術家たちの生涯も詳しく教えてくれる。

先週の授業でやった、ゴッホとゴーギャンが男二人で暮らしながら、仲良くイーゼルを並べて絵を描いていたという話にも、桃香はすごく興奮した。そんな暮らし夢みたい、やってみたい、と思ったのだ。しかしその生活が二か月で破たんして、言い争いばかりになり、ゴーギャンにいきなり切りつけようとして逃げられたゴッホは、思い余って自分の耳を切り落としてしまった、と先生が言うのを聞いて、桃香は味わったことのない感情に強く揺さぶられた。なんだか泣きそうな気分だった。ゴッホ超ヤバい。

有名な画家ってみんな偉い人なんだと思ってたけど、ゴッホって、かなり頭おかしくない？　しかも、画家になろうとして十年も描いてたのに、生きてるときはたった一枚しか売れなかったなんて、知らなかった。めちゃくちゃ大変じゃん。

画家ってみんな不幸な人生っぽいけど、どうしてですか、と部活のときに先生に聞いてみたら、そんなことないよ、こんな絵が生涯に一度でも描けたらどんなに幸せだろうって思うよ、とゴッホの画集を開いてひまわりの絵を見せてくれながら、共同生活のためにやってくるゴーギャンの寝室に飾るために、彼が好きなひまわりを描きながら待ってたんだよ、と教えてくれた。

ゴッホはゴーギャンが大好きだったからひまわり描いたんですよね。それなのにわかりあえなくて、襲っちゃったり耳を切っちゃったり精神病院入っちゃったり、やっぱ不幸じゃないかなって思うんですけど、とさらに言ってみたら、確かに絵は売れなかったし、理解されないのはつらかっただろうけど、それって不幸なのかなあ、と言われた。

そして、君の言う「不幸」が、ゴッホにとって本当に不幸かどうかはよく考えてみたいね、と続けた。他にもなんか言っていた。芸術がどうしたとか、ユートピアが何とか、難しいことを。猿渡先生の話は時々とても難しい。杏梨は「イミフ」ってよく言ってるし。けれど、桃香は時々、猿渡先生の話すことのどこかに、自分が知りたいことに近いものがある気がするのだった。それでゴッホのことももっと知りたくなって、やっと中間テストが終わった今日、こうして本を探して読んでいたのだけれど。

ホモのどこがスキャンダルなのかな、と桃香は思ったが、早く早く、と言う杏梨に引きずられるままに、美術室の前の廊下まで走った。

観音開きのドアを細く開いて、三人の男子が張り付くように覗いている後ろ姿が見えた。一人が見張りのように脇に立って、にやにやしている。

「なにしてんの」と桃香が声をかけると、いっせいに振り返って、しーっというように口に指を当てた。

「中、見てみてよ」と杏梨がそっと耳打ちする。

しゃがんで、男子たちの下からドアのすきまを覗くと、広い美術室の真ん中に、裸で立っている人の背中が見えた。男の人だ。その向こうにイーゼルを立てて絵を描いている、猿渡先生も見えた。

男の人はまったく何も身に着けていないようだった。お尻も丸出しだ。頭のすぐ上で覗いている男子が「あいつフルチンじゃね？」と囁き、くくく、といっせいにみんなが忍び笑いをするのが聞こえた。

桃香はすっと立ち上がって、「やめなさいよ」と男子たちに向かって大きな声で言った。しーっと慌ててみんな振り向き、押さえていたドアが閉じてしまった。

「お前ばれたらどうすんだよ。いま証拠撮ろうと思って吉田がスマホ取りに行ってるとこなんだからな」

「ばっかじゃないの。ああいう裸のデッサンは、絵を描く人はみんなやるんだよ。美大を受験する人とか、女子も男子も、誰でも練習するんだよ。そのためのモデルだってちゃんといるんだから！」

「そうなんだ……」と杏梨がちょっとしょんぼりしたのを受けて、男子たちも勢いを失った。杏梨の取り巻きの男子たちだったようだ。栗色の髪に緑がかった大きな瞳の、お人形みたいに可愛い杏梨の受けを狙うために、すぐこうやって悪乗りする。

ホモとか、証拠撮るとか、許せない。こんなとこで全裸を描いてる先生も先生だけど。

「どうかしたの」

ふいに上のほうから声がして、三階から降りてきた雅子の顔が見えた。

やべー、と誰かがつぶやいた。

「いえ、なんでもありません」と桃香が答え、杏梨も「ちょっと、猿渡先生に用事があって、でも、もういいんです」と言った。

「大丈夫なの。なんか大声が聞こえたから」と雅子は美術室の前までやってきた。

「はい、大丈夫です」

「猿渡先生は、中？」

「そうみたいです」

雅子がドアを開けようとしたので、桃香と杏梨は慌てて「あっ、ちょっと」と止めようとした。それを見て雅子は「そうね、いきなり開けたらだめね」とがんがん音を立ててノックした。

少し間があって、ドアから顔を出した猿渡に、雅子は「なんか用事があるみたいよ、この子たち」と言った。そして何気なく美術室のなかに目をやり、「あっ！」と叫んで、それ以上声の出ない様子でまじまじと猿渡を見つめた。

「いま、来週やる授業のためにデッサン見本を描いてるんですよ」と猿渡は暢気に言った。

「来週君たちにも描いてもらうからな」と猿渡は生徒たちを見回した。

「へっ？」と声にならない声を雅子が出すと、猿渡は「ああ、大丈夫です。授業ではもちろん実物じゃなくて、マルスのトルソーを見て描くだけだから」と言った。

「で、何？　なんか用？」

「いいえ、何でもないです」と桃香が答えた。

「なんだよ。あ、君たちついでに見学して行く？　人間の筋肉のつきかたとか、解説するから。先生もよかったらどうですか。デッサンモデル、あれけっこういいギャラのバイトなんですよ。二時間だけ頼んだから、あと三十分しかないけど」と呆然としている雅子に笑いかけた。


ルイ子は名刺の裏の簡単な地図を見ながら、道を曲がった。

こんな細い道でいいのかな。

そう思いながら、まるで私道かと思うような路地をすすむと、行き止まりに古いビルがあり、その一階に目指す店のものらしき看板が見えた。

アーチ型の木製のドアと、ショーウインドウ。マネキンが、黄緑の七〇年代っぽいレトロなノースリーブのワンピースを着てこっちを向いている。ここだ。

入ってみると、思ったより奥行きがあった。

「いらっしゃいませ」という声がして奥から女が出てきたのを見て、ルイ子は「あれ？」と思った。

「どうぞ、お手にとってゆっくりご覧ください」と女は言った。華やかな顔立ちの、女優みたいにきれいな人だ。どう見ても、この人じゃない。

「あの、友達から聞いて来たんですけど。オーナーの方ですか」

「はい、私の店ですが」と女は笑顔を絶やさずに答えた。

ってことは、この人の子供が中学生ってこと？　せいぜい三十二、三歳くらいにしか見えないけど。

「お友達って、どなたかしら」

「猿渡っていう、男なんですけど、あの、中学の」

「ああ、猿渡先生」と女は言い、「もしかして、先生のお召し物をいつもコーディネイトしていらっしゃるお友達ですか」とルイ子に微笑みかけた。

「あ、はい。コーディネイトってほどじゃないけど。ほっとくとあの人同じＴシャツばっか着ちゃうから」

「きっとおしゃれなお友達なんだろうなと思ってたんです」と女はルイ子の履いている赤と青と白のマーブル模様のスニーカーに目を留め、「それ、ご自分で色を塗ったの」と聞いてきた。

「そうです。元はノーブランドの、三足千円の安物です。昨日大学でみんなで色塗って遊んだの」

「すごく可愛いわ」

女は笹原夕実と名乗り、ルイ子の服装をいちいち褒めた。今日はマーク・ジェイコブスの黄色いリュックに、下北沢の古着屋で買ったオレンジの半そでワンピースを着てきた。頭のてっぺんでお団子にまとめた髪には、青いかんざしを刺している。

「服が大好きなんです。それでちょっと見てみたくなって」とルイ子は言った。

「どうぞご自由にご覧ください。こちらに少しだけ男物もございますし、先生に合いそうなのも」と夕実は右奥のラックをささっと選り分けながら、グレーのプラダのジャケットを取り出した。

素敵なお店だけど、ここは高いな。ルイ子はラックに並んだ服をいくつか手に取ってみて、すぐにそう思った。高級ブランドばっかりだ。猿渡の服も自分のも、いつもほとんどが兄や姉たちのお下がりだった。制作するときは、汚れるからいつもツナギしか着ないし。

ルイ子は赤坂の老舗料亭の末娘だった。猿渡と暮らし始めてからも、生活費は充分もらっていたけれど、実家からもらったお金はなるべく制作以外に使わないようにしている。

でも、みんなみたいに飲食店とかでバイトはしない。才能を使う仕事しか、したくないから。それまでは貧乏で構わないし、むしろそのほうがいいとルイ子は思っていた。そのうちきっと、自分の才能にお金を払ってくれる人が現れる。パトロンと、ミューズ。才能あるアーティストには、その二人が天から与えられるはずだとルイ子は信じていた。

もちろん、猿渡のミューズはあたしで、あたしのミューズは猿渡のはずなんだけど。猿渡には、ルイ子を描いた絵がたくさんある。その一つの「眠る女」は銀座の画廊のオーナーが高値をつけてくれた。

でも最近、猿渡はぜんぜんあたしを描かない。その代わり、知らない女の絵ばかり描いている。

この人じゃないんだとしたら、いったい誰なんだろう。

ルイ子は夕実がすすめてくれる素敵な服をひとつずつ体にあてて鏡に映してみては、うーん、と気に入らない様子で返しつつ、考えていた。

どこの誰なんだろう。聞いても教えてくれなかった。もっと太ってて、もっと顔が大きくて、醜いようでいてなんだか目が離せないような、異様な雰囲気の、ピンクばっか着てるあのおばさんは。

「またお待ちしてますね。今度は猿渡先生とご一緒に是非いらしてください」

ルイ子をにこやかに送り出してから、扉を閉めて夕実はため息をついた。

今日はだめだ。客は途切れず入ってくるのに、全然売れない。もう少しで買いそうなところまで行っても、たいていやめて帰ってしまう。

こういう、何をやっても調子の出ない日はたまにある。夕実はそれが、なんだか昨日から続いているような気がしていた。

ゆうべ、桃香がふいに「パパとママってさー、仮面夫婦?」と聞いてきた。

食卓にはロールキャベツと、三色の豆のサラダ、大根餅をさいの目に切ったのを卵とじにしたもの、もやしとにんじんの自家製ラー油炒め、という桃香の好きなメニューばかりを並べた。中間テストで初めて学年三位になったご褒美だ。今まではずっと五位あたりをうろうろしていて、なかなかそれ以上になれなかったのだ。

お祝いに何が欲しいか前もって聞いたら、外国製の絵の具が欲しいと言った。それもいいけどアクセサリーみたいな高価なものも買ってあげるよ、と言っていた行人が、その絵の具がアクセサリー並みに高いことや、中には数十万もするような絵の具もあると知って、急に張り切りだした。

芸術方面に進むならば、と美大付属の私立高校のパンフレットを取り寄せたり、美術の専門学校を調べたり、個人教授を受けるならどうとか、そんな話をよくするようになったのだ。

桃香が絵を描くのが好きなのは小さい頃からだったし、校内や区内のコンクールで賞状もよくもらってきた。行人はとにかく桃香を溺愛していて、そのたびに大げさなほど喜んで誉めるのだったが、自分にはそういう芸術方面のことは皆目わからないから、と実はあまり関心を持っていないのを夕実は知っていた。

藝大に入れれば一番いいらしいけど、浪人するひともたくさんいるようだし、だいぶお金がかかるかもしれないな、と桃香がいないときに行人がひどく嬉しそうに何度か言うのを聞いて、夕実は「まだどこの高校を受けるかも決まってないのに。馬鹿ね」と笑った。また行人が桃香を溺愛しすぎて張り切っている。そう思っていたのだが、ゆうべふと、夕実は気づいた。

桃香にお金がたくさんかかるうちは、夕実が自分から離れていかない。行人はそう思って張り切っているのだ。

「仮面夫婦は別々の部屋で寝るんだよって杏梨が言ってたけど、ママたちもそうだよね」と桃香は鰹だしでよく煮込んだロールキャベツを食べながら言った。杏梨のパパはフランス人だから、寝室が別なんてありえないらしく、大きなダブルベッドでいつもママと寝ているのだが、ママは本当は一人でゆっくり寝たい、四六時中愛してるとか言い合うのにも疲れるし、もう仮面夫婦になりたいくらい、と言っているのだそうだ。

「うちは仮面夫婦じゃないよ」と行人はきっぱりと言った。「寝室が別なのは、海外と取引があるママが何時でも仕事できるようにするためだよ。ここにはママの店の在庫もあるからね」と説明してからビールを飲み干し、「フランスと日本で習慣が違うように、それぞれの家によって習慣が違うんだよ。仮面夫婦というのは、愛してないのに形式上夫婦を装ってるひとたちのことだよ。そんなのパパたちには当てはまらないだろう？」と桃香の顔をのぞきこんだ。

「そうだね、確かに」と桃香はうなずいた。そして「そういう意味なら、ぜんぜん違ったね。パパはママを愛しすぎって感じだもんね」と夕実に向かっていたずらっぽい顔をしてみせた。

「パパの桃香への愛には負けるけどね」と夕実は微笑み、立ち上がって「ケーキにしましょう」と冷蔵庫に向かった。

行人が帰りに買ってきてくれた、桃香の大好きなトップスのチョコレートケーキを取り出し、ティファニーの大皿に移してテーブルに持っていくと、桃香が可愛い顔で笑った。隣で行人も満足そうに笑っている。桃香は椅子から立ち上がり、まるで誕生日みたいにろうそくの火を吹き消した。

これがたぶん、幸福というものなのだろう。

それなのに、火が消えて一瞬真っ暗になった部屋の中で、おめでとう、と行人と声を揃えながら拍手したとき、取り返しがつかないことをしている気がしたのはなぜだろう。

十三回。もうそんなに、この部屋で桃香の誕生日を行人と一緒に祝った。

もうすぐ十四回目がくる。

無事生まれるまででいいから。いや、できたらそのお腹の子が大きくなるまで。それまで僕に見守らせてください。行人は結婚する前に、夕実に何度もそう言った。

でも、大きくなるって、いったい何歳までなんだろう。

店は軌道に乗って、もう一人で桃香を養えるようになっている。そうなれば行人は必要なくなるはずだった。それなのにいま、ここから離れられない気がするのはどうしてなんだろう。

勇輝は悩んだ挙句、うちでパーティをするのはやはりやめることにした。

どう考えても、母親が張り切って料理やらケーキやら作りまくるのは阻止できないだろうし、そうするとプレゼントを渡すのも母親が居るときになってしまう。それだけは避けたかった。

誕生日プレゼントに何をあげるか、今年はけっこう悩んだ。去年はサンリオショップで桃香の好きなマイメロディのぬいぐるみを買ったけれど、今年はなんだかそういう子供みたいなプレゼントは嫌だと思っていた。とはいえ、大人みたいに高価なものは買えない。何か、高くはなくても、桃香が喜ぶものをあげたい。誰とも絶対かぶらないような、特別なものを。

そう思ってさりげなく行き帰りに一緒になるたび最近欲しいものが何かを探っていたのだが、アトリエが欲しいとか本物の画家の友達が欲しいとか、桃香は夢みたいな話しかしてくれなくて、勇輝は焦った。

それで結局、悩んだ末に小夜に頼むことにしたのだった。

ミスドで気まずく別れてから、桃香はずっと小夜のことを気にしていた。嫌われたのかもしれない、どうしよう、こっちからこわくて話しかけられない、と言っていた。だから小夜がプレゼントを一緒に作ってくれたと知ったら、喜ぶだろうと思ったのだ。

ポーチぐらいだったらすぐできるよ、と小夜は言った。

「ちゃんと代金は払うから。浅羽に協力してもらって作ったって言ったら、あいつすっごく喜ぶと思うんだ」

「なんで」

「浅羽に嫌われてると思ってるみたいだからさ」

「別に嫌ってないけど。だけど手作りのポーチなんか、嬉しいかなあ」

「嬉しくないかな」勇輝は心配になった。

「男子から女子に手作りってキモがられない？」

「えっキモいかな。浅羽は嬉しくない？」

小夜はめんどくさそうに「人によるよね」とつぶやいてから「まあとりあえず作ってみ

る？　簡単で、沢口さんが喜びそうなもの、わかるし」と言った。

「なんでわかるの」

「見てればわかるよ。最近、あのひとよくゴッホの画集見てるよね。ひまわりの表紙の。だからひまわりっぽい形にするのはどうかな。花びらをフリルみたいにして、真ん中の丸いとこにファスナーつけて」

「お前、すごいな。そんなのすぐ思いつくの」勇輝は大きな目をもっと丸くした。

「同じクラスの子の好きなものくらいだいたいわかる」と言うので勇輝はさらに驚いた。二十四人もいるのに？

「杉山の好きなものは漫画で、今はまってるのは『進撃の巨人』でしょ。よく真似しててうざい。原田さんの好きな人は鈴本だけど、Ｈｅｙ！Ｓａｙ！ＪＵＭＰの伊野尾っていうアイドルにちょっと似てるから好きなだけ。不良ぶってるけど土居は女子の服に興味がある。フリルとかレースとか大好き。山崎くんの好きな色は緑、茂森さんの好きな色はオレンジ。二人は両想いで、筆箱もノートも色違いだよ」

「すげー」と勇輝がつぶやくと、小夜は「教室でひとりでいろいろ作ってると、みんながしゃべってるのがよく聞こえてきて、自然にわかっちゃうんだよ……」と俯いた。

「お前、スパイみたいだな。探偵とかに向いてんじゃね？　浮気調査とかもできそうじゃん」と思わず勇輝は言った。

小夜は少し黙りこみ、気に障ったのかな、と勇輝が心配になってきたところで急に顔を上げた。「瀬波《せなみ》くんのことも知ってるよ」

「え、俺？」

「瀬波くんは数学が得意だけど、好きな科目は理科。特に理科Iの実験が好き。好きな色は赤と紺。バルセロナのユニフォームがその色だから。サッカー大好きだけど、二学期から塾を増やすから部活をやめなくちゃなんない。給食で好きなメニューはコロッケとカレー。そして好きな人は沢口桃香」

小夜は淡々とした口調でそう一気に言い、勇輝は「こいつやっぱ、やべーな」と思った。

桃香はほんとに好きな人いないの、と杏梨にまた聞かれた。なんだか、好きな人がいないといけないような気になってくる。

「いないけど、変かな」と言うと、「別に変じゃないけど、ちょっと残念」と杏梨は一緒に階段を降りながら言った。校則違反ぎりぎりの小さな青いリボンをつけたポニーテールが、一段降りるたびに揺れる。

三時間目は視聴覚室で英語だ。週一で来るエミリア先生の授業。金髪で色が白くてお人形みたいにかわいいので、みんなに人気の先生だけど、発音ができないと立ったまま何度も繰り返しやらされるのはけっこうつらい。

「なんで残念なの？」

「好きな人がいればさ、誕生日のプレゼントにその人から何かもらってきてあげるとかできるのに」と杏梨が言うので桃香はびっくりした。

「杏梨はそういうの、してほしいの」と聞くと「そりゃそうだよー」と大きな声を出した。

「たとえば、何をもらってくればいいの」

「そうだなー。いつも使ってるシャーペンとか。消しゴムとか。あ、一番は陸上部で使ってるゼッケンだけどー。それないと困るだろうから、そういうのは卒業式まで待ってようかな」と杏梨はすごく楽しそうだ。

よくわかんないけど、と桃香は思う。それって、なんか、芸能人のファンみたいだな。

「じゃあもらってきてあげるね、園田先輩からシャーペン、杏梨の誕生日に」と言うと、

「だめだめだめ！」と杏梨は慌てて大声で言いながら桃香の腕をはたいた。

「桃香はうっかり私の名前とか言っちゃいそうでこわいから、だめ」

「言っちゃだめなの？」

「あたりまえでしょー。告白は大事なんだから。よーく考えて、自分でする」と言う杏梨の横顔をちらっと見ながら、「そうだよね」と桃香は適当に合わせた。

好きってどんな感じなんだろう。

杏梨を見ていると、とりあえず楽しそうなのはうらやましい。できることなら、桃香も誰かを好きになってみたかった。

「好きな人がいるって、どんな感じ？」と聞くと「超アガるよ！」と杏梨は即答した。

「先輩の姿を見れるだけですっごいアガる。だからいつもどこにいるかチェックしてるんだ。今はねえ」と杏梨は立ち止まった。胸ポケットの生徒手帳を取り出して、開く。

「先輩のクラスの時間割うつしてあるの。次は数学で、三時間目が体育だ、やったー。ずっと校庭見ちゃおう。窓際の席サイコー。あと最高なのは、廊下でばったり会ったとき！」

雅子は職員室の黒板に書かれた全てのクラスの時間割をしばし見回し、いま猿渡が三Aの授業中であることを確認した。

あと三十分で戻ってくる。

今のうちに四時間目まで必要なものを全部持って、準備室に上がっとこう。

雅子はこのところ、猿渡に会わないように注意していた。わざわざ遠回りして、美術室の前を通らない階段を使うようにしているし、急いでいてそれができないときは、美術室の前だけはダッシュで通り過ぎた。職員室でもなるべく顔を合わせないように、こうして時間をずらす努力をしている。職員朝礼や会議のときは避けられないにせよ、そういうときは個人的に話しかけられずにすむので、安全だった。

「裸の女性をよく描くんですか」

こないだ美術準備室で思わずそう聞いたとき、猿渡は「あっそうかもしれないですね」とたったいま気づいたように言った。

「どうして裸ばっかり」と聞くと、「ばっかりってことないと思うんだけど、どうしてかなあ」とつぶやいて少し黙った。

「なんか、そうなっちゃうんですよね。最初からヌードモデルをお願いしてるときもあるけど、ここにあるのはほとんど、自然にっていうか、なんとなく流れっていうか……」

「そんなの信じられないけど。いつのまにか人前で服を脱ぐなんて、普通ありえないでしょ。それって、そういうモデルをし慣れてる女の人だけでしょう。それか、恋人みたいな、プライベートな関係の人ならわかるけど」

「でも全然そうじゃない人もいますよ。この絵だって」と猿渡は目の前の小さな絵を指した。椅子に座った、上半身裸の女がこちらをじっと見ている絵だ。

「これは美大の同級生の友達で、バンドやってる人だったかな。ライブのチケット何枚か買う代わりにモデルになってもらいました。最初は服を着てたけど、だんだん、脱いでもいいですよってことになったんじゃなかったかなあ。デッサンするうちに、僕の絵を気に入ってくれたんだと思います。よくわかんないけど」

絵を気に入ったとかそういう問題じゃないでしょ、と雅子は思った。恋人でも夫でもなんでもない人の前で裸になるとか、ありえないでしょ。家族にだって滅多に見せないものを、なんでこいつにそんな簡単に、みんな見せるわけ？

猿渡はしばらく何やら話しつづけていたが、雅子はもう聞いていなかった。

絶対に、こいつのモデルはしないぞ。

描かれているうちに何かのマジックにかかって、変な気分になっちゃったりするのかもしれない。ぞっとするわ。

絵は素敵かもしれないけど。この人、相当頭おかしいんじゃないかしら。

とどのつまりは裸のモデルの申し出をされていたのだと決め付けた雅子は、すっかり憤慨した。あんな人とはもう関わり合いにならないようにしよう。

しかしこうやって毎日避ける努力をしているうちに、雅子はいつのまにか常に猿渡のことばかり考えてしまっていた。

だから四時間目の終わりに、うっかり廊下で鉢合わせしてしまったとき、激しく動揺した。

心臓がどきどきして、体温が上がった。なるべく見ないようにして通り過ぎようとしたのだが、「先生」と猿渡に呼びかけられてしまい、つい振り返ると「これ、よかったらいらしてください」とカードのようなものを差し出されて、よくわからないままに受け取ってしまったのだった。

# 終業式

美術室に行こうと教室を出たところで、桃香は知らない先輩男子二人に呼び止められた。話があるというので、仕方なく後をついていくと、屋上に向かう階段の踊り場まで連れて行かれた。告白場所としてみんながよく使っているところだ。

二人のうちの背の高いほうが「こいつ、山之内《やまのうち》っていうんだけど、知ってる?」ともう一人を指して言った。桃香は黙って首を振った。見覚えはなかったし、名前ももちろん知らない。

その人が、三年C組の山之内淳也《じゅんや》と名乗るやいなや、「好きです。つきあってください」といきなり頭を下げたので、桃香は困惑した。

「無理です」と即答すると、山之内はぎょっとした様子で顔を上げた。

「だって、いま会ったばっかで、全然知らないし」とつぶやくと、背の高いほうが「そうだよね、お前焦りすぎなんだよ、もっとちゃんとコクれよ」と山之内を後ろからこづくようにした。

「えっと、入学してきたときに見かけて、すっげーかわいいなって思って。去年の文化祭で絵も見て、すっげーなと思って。俺、絵とか描けないから」と山之内は言いながら、みるみる額から汗が流れてくるのを、制服のシャツの袖でぬぐった。

「こいつ水泳部なんだよ。すげークロール速いの。来月の水泳大会出るから、応援してやってよ」と背の高いほうがアピールしてくるので桃香は気が重くなった。水泳なんて興味ないし。

「急につきあうとか無理だったら、夏休み中に一回、デートだけでもダメかな」と山之内は小さな声でうつむきがちに言った。

とりあえず話すだけなら、と仕方なくＬＩＮＥのＩＤを教えると、山之内はものすごく喜んだ。何度も「ありがとう」と言い、「いつかけたらいい？　今日でもいい？」と顔を輝かせるさまを見ていて、ふうん、と桃香は思った。どうしてこんなに喜べるんだろう。私のことよく知らないのに。話してみたら、すっごく嫌なやつかもしれないのに。

そもそも、絵が描けないこの人と、水泳にまったく興味がない私が、何の話をするのかな。

山之内たちと別れて、そのまま美術準備室まで降りていくと、開けっぱなしのドアの向こうに猿渡先生がいるのが見えた。さっきの終業式ではスーツを着て珍しくちゃんとした服装だったのに、もういつものよれよれの黒いシャツ姿になっている。また何か描いている。絵の具を溶かす油の、強いにおいがした。

「だめじゃん、先生、ドア閉めないと。またくさいって言われちゃうよ」と声をかけながら入っていくと、「だって今日みんな課題取りに来るだろ？　いちいち開けるの面倒だからさ」と絵筆を止めずに、言った。しばらくじっとカンバスを見つめてから、やがて口に筆をくわえ、汚れた手を布で拭きながら、もごもごとまた何か言った。

「何言ってんのかわかんないですよ」と桃香は笑った。

「いま持ってくるからって言ったんだよ」と先生は筆を口から外した。

渡してくれた描きかけの絵をそっと丸めて、持ってきた円筒状のプラスチック容器に入れる。はあ、と思わずためいきをついてしまう。

「どうした。それけっこうよく描けてるよ」

「違うの。いまそこで、知らない人にコクられて」

「知らない人？」

「三Ｃの人らしいですけど」

「嫌いなやつか」

「まだ好きも嫌いもないです、さっき初めてちょっとしゃべっただけだし」

「誰だか聞いたらだめなのかな」

「山之内って人」

「ああ。あいつ、授業中よく寝るんだよなあ。でも顔はいいじゃん」

「先生も、つきあうの見た目で決めるんですか」

「えっどうかなあ」と手を洗っている。

「先生いまカノジョとかいますか」桃香は水の音に負けないように大きい声を出した。

「いるっていうか、いないっていうか」

「なにそれ」

「よくわかんないんだよ。いつのまにかいたり、いなかったりするだろ」

「だろって言われても」と桃香は笑った。「いつのまにかいたりするんですか」

「うん」

「告白とか、しないんですか」

「したことないなあ」

「されるほうですか」

「どうかなあ」

桃香はなんだか楽しくなってきた。よくわかんないうちにつきあったり、できるんだ。それはいいかも。さっきみたいな告白とかもうされたくないし。

「でも先生、女の人いっぱい描いてますよね」と桃香は準備室に掛かっている絵をぐるっと見回した。「これみんな、カノジョじゃないんですか」

「彼女みたいな人もいるけど、一度しか会ったことのない人もいる」

「へえ」と桃香は一枚ずつ眺める。どれが彼女で、どれがそうではない人だろう。

「カノジョのほうがうまく描けたり、しますか」

「うーん、どうかなあ。今のところはそんな気もするけど」と猿渡も絵を見渡した。「でもなんか、最近飽きてさ」

「カノジョを描くのに？」

「そう」

「それってひどくないですか」

「別に本人に飽きたってわけじゃないから。描くのに飽きたってだけだから」

「やっぱしいるんだー先生、カノジョ」

「まあ、一緒に住んでるってことはそうなのかなあ」

「えー一緒に住んでるならカノジョに決まってますよ」

「やっぱりそうか。誰にも言うなよ。男子とかうるさいから」

「いいよ、秘密にしてあげます。わたし口固いから。そしたら、いい絵を描くヒント、なんかください。宿題、自画像はなんとかできそうだけど、肖像画って初めてで、どうしたらいいのかわからないです。先生はただの似顔絵になったらだめって言ってたけど」

「それ、クラスメートがモデルだよね」と猿渡は桃香の抱えた筒を指した。

「はい。同じクラスの」

「浅羽だろ。どうしてあいつにしたの」

「別に仲良しじゃないんですけど、なんかすごく気になるんです」

「どこが気になるの」

「よくわかんない。気づくと目が追っちゃうっていうか。これも、描こうって決めたわけじゃなくて、つい見ちゃうからつい描いちゃってたって感じで」

「ひとめぼれみたいだな」

「違いますよー。女子同士だし」

学校の先生とこんなふうに心を隠さずしゃべるのって初めてだな、と桃香は思った。絵があると、話しやすい。

「女同士の恋愛もあるだろ」

「だけど、そういう『好き』なのかは、まだわかんないです」

小夜が気になる感じは、ママみたいにきらきらする感じとも、杏梨みたいにアガる感じとも、さっきの山之内先輩みたいに緊張して汗まみれになる感じとも、なんだか違う気がした。

楽しいとか嬉しいとかじゃなくて。なぜか、こわい感じがする。こわくて、つい見ちゃう、みたいな。でも、何がこわいんだろう。

「そういう、名づけようもない気持ちが表れてるのが、いい絵なのかもしれないけど」と猿渡は言った。そして「でも、僕もどうしたらそういう絵が描けるのかは、よくわからない」と続けた。

「とにかく対象をよく見ること。自分が見えているものに何とかして近づけようとすること。だからよく見るために、ちゃんと浅羽に頼んでモデルになってもらうといいよ」

壁の時計を見上げて、勇輝は慌てた。もう二時間も経っている。

ケンタッキーの二階の席で向かい合って、小夜と勇輝は熱心にフェルト生地を縫っていた。桃香の誕生日まで、あと二日しかなかった。今日仕上げるしかない。今までは期末テストがあったし、勇輝は毎日塾や家庭教師や部活でなかなか放課後に時間がとれなかったし、明日からは夏期講習が始まるのだ。

小夜がひまわりの花びらのパーツを一枚ずつ丁寧に縫い合わせていくのを見ながら、勇輝もだいぶ時間はかかったがなんとか三枚縫うことができた。

やってみると、すごく面白かった。平面だった布が、小夜の手によって立体的な花びらのように見えてくるのは魔法のようだったし、自分もやってみたくてうずうずした。夢中になっていたら、あっというまに時間が経っていたのだ。

「お前そろそろ帰らないと家で心配されたりしない？」

「別に平気。うち今誰もいないし」

「お母さん仕事？」

「そう。だいたいこのくらいの時間に出勤して、帰りは深夜だから、何時に帰っても大丈夫」

あ、こいつんちもそうなんだ、と勇輝は思った。夜の仕事をしている母親をもつクラスメートは何人かいる。たいていは母子家庭、もしくは、お父さんがいても一緒には暮らしていない子たちだ。お母さんがすごくきれいで、子供もちょっと派手だったり不良だったりするタイプの。浅羽は地味な優等生タイプだったから、違うと思ってたけど。

そういえば桃香からも、「うちも母子家庭のはずだったんだよ」とこないだ聞いてすごくびっくりしたんだった。

「お父さんいるじゃん」

「いるけど、ほんとのお父さんじゃないから」

「え？　でも、小さいころからあのお父さんとずっと暮らしてるよね」

「うん、コセキ上はほんとのお父さんだし、これからもずっとお父さんだけど、血はつながってないんだって」

「そしたら、ほんとのお父さんは、どこにいるの」とおそるおそる聞いてみる。もしかして、生まれてすぐ死んじゃったとか、捨てられたとか、そういうのだったらどうしよう。

「そのうち会わせてあげるって、ママが。でももう忘れてるかもしれない。そう言われたのだいぶ前だから」と桃香はけろっとしていた。

桃香はそのことを、十歳の誕生日のときに聞いたらしい。それきりママはその話をしなかったようで、桃香もなんとなく忘れていたと言っていた。最近は、たまに考えるようになったみたいだけど。でも考えるのは、会ったことのない「ほんとうのパパ」のことではなくて、今のパパのことだという。パパが最近ちょっと変だから、と桃香は顔を曇らせた。すごい酔っ払って帰ってきたりするし、と続けるのに、お前それ普通だよ、うちのオヤなんか毎晩だよ、と勇輝は言ったのだった。

「終わったー」と、小夜が最後の花びらを付け終えた糸をはさみで切った。

勇輝はできたばかりのポーチを渡されて、やったーと叫びたい気分だった。すげーかわいい。こんなかわいいのを自分が作ったなんて、信じられない。もちろん、ほとんど小夜が手伝ってくれたにしても。

「絶対喜ぶよね、これ」

「たぶんね」

小夜も裁縫セットに道具をしまいながら、満足そうな顔をしている。

「やべー、これ、はまりそう。同じのもう一個、今度は自分用に作ってみるわ。材料、余ってるよね」

「うん、あと二つはできるよ」と小夜はフェルトを入れた袋を差し出した。

「ありがと。わかんなくなったら電話するわ」

手芸に目覚めちゃったかも、とどきどきしながら勇輝はそれを受け取った。もともと手先は器用なのだ。材料を細かく取り揃えて図解の通りにすれば完成するのも、実験みたいで面白かったし、何よりでき上がったものを使えるのがいい。

ハンズで買ってきた青い水玉の袋に完成したばかりのポーチを入れて、ピンク色のリボンで口を縛り、勇輝はますます嬉しそうな顔になった。

「これ一緒に渡そうよ、明後日」

「え、私も？」

「だって二人で作ったし」

「違うでしょ、それ瀬波くんからでしょ。私は手伝っただけだよ」となぜか小夜は焦ったように言った。

「二人からのほうが喜ぶんじゃないかなあ。あいつお前になんか話があるみたいだったし」

「誕生日コクハク、するんじゃないの?」

「なんだよそれ。するわけねーだろ」

「しないんだ」

「あいつただの幼馴染だもん」

「ふーんそうなんだ」

「そうだよ。お前さー、勝手に決めんなよ。違うっつーの。俺べつに桃香のこと好きじゃないから」

「じゃあ誰を好きなの」

「誰って」勇輝は絶句した。誰なんだろう。えーと。なぜか桃香のママの顔が浮かんでしまう。じゃなくて。えーと。

小夜が黄色い刺繍糸の余りを巻き付けていた手を止めて、観察するようにじっと見てくるから、ますます焦る。

「ほんとに沢口さんのこと好きじゃないの？　手作りのプレゼントあげるのに？」

「うん、それはない、絶対」と強く言う。確かに桃香のことは好きだけど、そういう好きじゃないんだ。

「ふーん。じゃあ誰？」

えーと。俺、誰を好きなんだろう。

「言いたくなかったら別にいいけど」

しばらく黙り込んだ勇輝に向かって、小夜が口を開いた。

「じゃあ言うけど。私の好きな人は沢口桃香だから。ほんとに好きな人かぶってない？」


もやもやする。

ずっともやもやしているのに、どうしたらそれが晴れるのかわからない。

雅子は終業式の後で、猿渡を呼び止めなかったことを後悔していた。

でも、呼び止めても何を言えばいいのかはわからなかった。何か言いたいことがあるような、いや絶対あるのだという気はするのだが、それが何なのかはっきりしない。

きっかけは、写真だった。

すっかり脳裏に焼き付いてしまった、ダイレクトメールの写真。石膏でできた男の全身像に、翼が生えている。その写真の横に「夏の企画展　ギャラリー・イフ」という文字があり、写真の下に五つほどの名前が並んだ最後に、猿渡の名前が記されていた。

その石膏像が猿渡をモデルにしたものであることはすぐにわかった。雅子と同様それを渡された、体育教師の結城亜矢《あや》が「これもしかして猿渡先生？　すごい似てるー。意外と筋肉ありますね。かっこいー」と職員室で高い声を上げたとき、猿渡が「いや、僕っていうか、一応それ天使ガブリエルらしいです」と言っているのも聞こえていた。

ガブリエル？　なにそれ、超ウケるんですけど。

雅子は生徒たちを真似て、感じ悪く言ってみた。心の中だけで。

廊下でこれを渡されたとき、一瞬何か期待してどきどきしたのだが、すぐにただのダイレクトメールとわかってがっかりした。

そして、石膏像が猿渡に似ていること、さらにそれが「黒岩《くろいわ》ルイ子」という女の作ったものらしいことを写真下の文字で確認すると、ひどく不愉快になった。

画家や彫刻家というものは、お互いにモデルになりあうのが普通なんだろうか。

それとも、「黒岩ルイ子」というのは猿渡と特別な関係なのか。

自分にだけじゃなく、職員室でそのハガキを配りまくっていたのにも、もやもやした。

なんだか裏切られた気分になるのは、なぜなのか。

結城亜矢が「えー」とか「すごーい」とか嬌声をあげながら猿渡の説明を聞いているのを横目に、「学校で自分の裸の写真を配りまくるってどうなの」と思わず席でつぶやいたら、うっかり斜め向かいの技術科の教師に聞かれてしまい、「裸っていうか、これ塑像でしょ。生徒に配るならともかく、職員室でなら別にいいんじゃないですかね」と苦笑された。

雅子はますます腹立たしく、それきりハガキをデスクに積まれた書類の一番下に差しこんで見えないようにしていたのだが、八月五日からその企画展が始まることも、オープニングパーティに是非いらしてください、と猿渡が端のほうに走り書きしてくれていたことも、忘れてはいなかった。

見に行けばこのもやもやが晴れるのか、それとも行かないほうがいいのか、わからない。

さらに雅子は、しつこく見合いをすすめてくる退職した教頭に、仕方なく預けておいた写真のことでも、もやもやしていた。スマホでいい加減に自撮りした写真を送ったままますっかり忘れていたのだが、一昨日いきなりメールが来て、妻と死別した五十八歳の知人に写真を見せるから、と相手の経歴とともに一方的に報告されたのだった。添付されていた写真を開くと、白髪交じりのくたびれた初老の男が、無理やり笑顔を作っていた。すぐにそれを閉じて、雅子はうんざりした。

なんでみんな、頼んでもいないのに、見たくもない写真を次々押しつけてくるのかしら。それとも、見合いでもしてみたら気分が変わるのかしら。若い頃には不愉快な思いしかしなかった見合いというものも、この年になればまた違って、いい出会いがあったりするのだろうか。

もやもやが晴れない。

とりあえず、今日で一学期が終わってやっと夏休みなんだし。

買い物でもして帰ろうっと。

雅子は気晴らしに、アジールに寄って帰ることにした。

「だって、男って裏切るでしょ。自分勝手だし」と小夜は言った。

「え。そ、そうかな」勇輝はなんだか責められている気分になって、へどもどした。束ねていた長い髪をほどいた小夜は、学校にいるときよりだいぶ大人っぽく見える。

「そうだよ。みんな言ってる」

「みんなって？」

「ミカちゃんとか、エイミーとか、母の店の女の子みんな。もちろんシーナも言ってたよ。シーナって、うちの母ね」

「え、外人なの」

「違うよ。ほんとの名前は姿子《しなこ》。シーナは店での名前。でも小さいころからそう呼んでるから」

「へえ」

勇輝はなんだかいろいろ、びっくりしてうまくしゃべれなくなった。それでも勇気をふりしぼって、「で、でも」と言った。ここは男としてがんばらないといけないんじゃないかと思ったから。

「そうじゃない男も、いるんじゃないのかな。だって、みんな裏切るってことになったら、みんな離婚しちゃったり、するんじゃないのかな」

「離婚してなくても、裏切ってるやついっぱいいるんだよ。シーナの元カレ、まあ遺伝子上のわたしの父親だけど、そいつも結局は家庭に戻ったらしいし、そのあとにできた彼は若い女に乗り換えて出てったし」

ぺらぺらしゃべりながら、裁縫道具を全てしまい終えた小夜は、「そろそろ帰る？」と首をかしげた。

ちょっと待って、これ飲んじゃうから、と勇輝は氷がすっかり溶けて薄くなったコーラをストローで吸った。でも、じゃあ桃香のパパとかも裏切るのかな。あんなに優しそうで、ママが大好きに見えるのに？　そんなの信じられないけどな。うちのお父さんも、実は浮気したり、してるのかな。

コーラを飲み干した勇輝はおそるおそる、「男はみんな裏切るっていうのはわかったけど」と小夜に言った。「そうだとしてさ、じゃあ女は裏切らないの？」

小夜は笑って、「やっぱ瀬波くん頭いいね」と言った。

「女だって裏切る人いるよね。シーナもこないだ男捨てたみたいだし。でもわたしは、絶対裏切らないよ。もし桃香と両想いになれたら、絶対に一生他の人を好きにはならない」

睨むような強い目つきでそう言う小夜を見て勇輝は、こいつマジでやべーな、と思った。

「どうしてこれが、ここに」

雅子は例の猿渡にもらったダイレクトメールが、アジールのカウンターにも積まれているのを見て、思わず声を上げた。

「あ、それ、猿渡先生とルイ子ちゃんに頼まれて」と夕実は、雅子が会計したばかりのピンクベージュのプラダのドレスを薄紙で包みながら、にこやかな笑顔を向けた。

「ルイ子ちゃん」と手にしたハガキを見つめながらつぶやくと、夕実は「よく来てくれるんですよ。まだ若いのにすごくセンスが良くて、さすが美大生って感じ。まあ、滅多に買っては下さいませんけどね」と手早く包み終えたものをさらにショップの黒い布袋に入れた。

美大生？　ってことは、猿渡より一回りくらい下ってことじゃないの？

もやもやが高まってくる。綺麗な服をたくさん試着して、やっと気が晴れたところだったのに。

「猿渡先生も、よくいらっしゃるんですか」と聞くと、「こないだルイ子ちゃんと初めて来てくださったんです。お似合いのカップルですよね」と夕実が手提げの紙袋に包みを収めながら言ったので、雅子は思わず「やだなあ」とつぶやいてしまった。ここは私のテリトリーなのに。あいつに荒らしてほしくない。

「え」と雅子の言葉に夕実が顔を上げたとき、ドアにつけてある小さなベルが涼やかな音を奏でるのが聞こえ、カウンター前に座っていた雅子が振り返ると、桃香が入って来るのが見えた。

「おかえりなさい。大崎先生いらしてるのよ。ご挨拶しなさい」という夕実の言葉に続けて、雅子は「また会っちゃったわね」と微笑んだ。

桃香は「先生いらっしゃいませ」と挨拶してから、夕実に向かって「美術室に寄ってから帰ってきた。夏休みの宿題たいへんだよ。二つも描かなきゃなんないの」と言いながらカウンターの後ろのストック場に入り、鞄を置いた。

「お客様の前で、いつもの調子でおしゃべりしちゃだめって言ってるでしょ」と夕実が後ろに向かって声を掛け、「すみません」と雅子に微笑んだ。

「いいですよ、私だけなんだし。沢口さんは美術部でしたよね」

「そうなんです。絵を描くのが小さいころから好きな子で」

「色のセンスとかすごくいいものね。家庭科の宿題見てもわかりますよ」

「ありがとうございます」

手伝おうと母の隣に立った桃香に、「猿渡先生、まだ学校なの」と雅子はさりげなく尋ねた。

「あ、たぶん。まだなんか描いていらっしゃいましたから」と桃香が答えるのに、そう、と雅子はつぶやき、そのことで頭がいっぱいになった。

夕実が「お待たせしました。すごくお似合いでしたわ。アクセサリーをちょっと華やかになさったら卒業式にもぴったりですし、普段でもシックに着こなしていただけると思います」と持ち手に白いリボンを結んだ紙袋を手渡しながら言うのにも、「そうね」とぼんやり返事をしただけで、ほとんど聞いていなかった。

# 夏休み

「横向きがいい？　それとも正面？」

桃香は「どうしよう」とつぶやきながら大きなクロッキー帳を抱えたまま小夜を見つめた。

「どっちも描いてみていい？」と言うと、「いいよ」と小夜はまず前を向いた。

会うのは誕生日以来だった。

夏休みに入ってすぐに始まった夏期講習の帰りに、勇輝に誘われてミスドに寄ったら、まもなく小夜もやって来て、二人から可愛いひまわりのポーチをもらったのだ。勇輝が得意げに「こいつと一緒に作ったから」と言うので、最初は二人がつきあってるのかと思ってしまった。

よく見ると縫い目が不揃いのところもあるけれど、桃香はそのポーチをすごく気に入って、リップクリームと鏡を入れていつも持ち歩いている。おかげで、小夜と話すきっかけもできた。その場で思い切ってモデルのことをお願いしてみたら、あっさりＯＫしてくれたのだった。

夏期講習の前半はひとまず昨日で終わった。杏梨と勇輝は五日間の集中講座も続けて行くらしかったが、桃香はやめた。絵を描く時間が欲しかったからだ。美大の付属高校に進むという道も、桃香は少しだけ考え始めていた。

小夜は桃香と向き合って、「なんか照れる。どういう顔したらいいんだろ」と視線を泳がせて前髪をいじった。

「私じゃなくて、壁とか見てて」

「壁紙かわいいね」と小夜はペールグリーンに黄色い大輪の花がプリントされている壁の模様を見ながら言った。「おしゃれな部屋だね。なんか外国みたい」

「ママがロスで買ってきた壁紙、パパが貼ってくれたの。うちじゅうの壁紙変えたり家具入れ替えたりするの、ママの趣味なんだ。あのひと買い付けのたびに服だけじゃなくてソファとか棚とかも買ってきちゃうんだよね」

「いいじゃん。沢口さんのママかっこいいよね。美人だし」

「浅羽さんのママほどじゃないよ……。参観日すごかったよね。亜矢ちゃんたじたじでさ。面白かった」

一学期末の授業参観の日、小夜の母は初めて学校に来た。仕事が忙しくて、これまで一度も来れなかったのだ。その日の一時間目はエミリア先生が視聴覚室で英語の授業をして、二時間目は教室で保健の授業を担任の結城亜矢が行ったのだが、それがビデオを見ながらの性教育に、亜矢が人体模型を使ってさらに説明を加えるというものだった。模型を使って亜矢が大きな声で明るく説明している最中、いきなり小夜の母が「はいっ」と手を挙げて「先生、それ違《ちが》くないですか」と発言し、「え、どこが」と亜矢がつぶやく間にずんずん前に出ていって亜矢の手から模型をもぎ取り、「こうだけじゃないでしょ。こうとか、こうとか、こういう場合もあるし、もっと言わせてもらえば」と男の模型の性器を隠し、「女同士の場合もあり」と言ってキスさせたので、教室はどっと沸いて、重苦しかった空気が一変したのだった。

「面白くないよ。最悪だよ。だから学校来ないでって言ってあったのに」と小夜はげんなりした顔になった。

「お母さんと全然、似てないね」

「父親似らしいよ。父親、会ったことないけど」

「私も会ったことない」

「そうなんだ」

「ほんとのお父さんじゃないんだって、今の父親。でもいつもそのこと忘れてる」

「忘れていいんじゃない」

「浅羽さんちはずっとお父さんいないの」

「いたりいなかったりする」

いないほうがいいんだけど、と小夜が言うのを、桃香はじっと見ながら必死で手を動かした。ああ、違う。なんか違う。こうじゃない。もっと、複雑な表情なのに。

「あ、もしかして引いた？」と小夜が視線を戻してしまい、必死で描きとどめようとしたのにできなかった桃香はがっかりした。あーあ。なんか今、いい感じだったのに。もっと早く、もっとうまく描けるようになりたいなあ。

「引いてないよ全然。すっごくいい顔してたから、一生懸命描いてただけ」

「そっか、よかった。お父さんいらないとか言うといろいろ深読みされたりしてめんどくさいから、みんなには内緒にしてて。瀬波くんにうっかり話したら、けっこう引かれた」

「浅羽さん、もしかして勇輝のこと好きなのかなって思ってた」

「えー違うよー」と小夜は笑った。

笑顔もいいな、と桃香はまた必死で手を動かす。いつも教室でうつむいてばかりいるから、わからなかったけど。いろんな顔があるんだな。ちゃんとしゃべるのも、こんなに至近距離で見るのも初めてで、どきどきする。どの顔を描けばいいのか、迷う。

「瀬波くんは嫌いじゃないけど」

「あいつ、いいやつでしょ」

「うん、ちっちゃくて顔もかわいいしね。でも、私が好きなのは違う人だから」

「えー誰？」

「内緒。もっと仲良くなったら言う。沢口さんとほんとは仲良くなりたかったんだ。中学で同じクラスになってめちゃくちゃ嬉しかった。でもいきなりどういう顔でしゃべったらいいかわかんなくてさ。ミスドで変な態度しちゃってごめん」

「えー嫌われたかと思ってちょー悩んだのにぃ」と嬉しいのと照れくさいので、桃香はわざと責めるように言いながら笑った。小夜も、ごめん、とまた言って笑った。

勇気を出してモデルのお願いしてみてよかったな。

「私を描きたいって言われて、すごく嬉しかった」と小夜はじっと桃香を見つめた。

なんだか、すごくどきどきする。

桃香はいつのまにか手を止めて、小夜としばらく見つめ合った。


どうしよう。

雅子は小一時間近く、くよくよしていた。

やっぱり無理かも。なんであんなこと言っちゃったんだろう。なぜかいつも、あいつといるとおかしくなっちゃうのよね。自分らしくなくなるっていうか。

いずれにしても約束しちゃったから、ギャラリーには行かなくちゃいけない。あのＤＭどこ行ったっけ。

雅子はがらんとした職員室で、自分のデスクの書類の山を掻き分けた。今日は夏休み中の週一度の出勤日で、手芸部の生徒たちに何か聞きたいことがあればいらっしゃい、と言ってあるのだったが、今のところ誰も来ていない。常勤の教師たちはみんな研修で区内の別の学校に出かけていて、あとは、英語弁論大会に出る生徒の指導に来たエミリアが、さっき視聴覚室に向かったばかりだった。

アジールに寄って、買い物して気分よく帰るつもりだった終業式の日。雅子は学校にまた戻ったのだった。なぜそんなことをしたのか、自分でもよくわからなかったが、猿渡がまだ学校にいると聞いて、磁石で吸い寄せられるように、二階の美術準備室までふらふら上がってきてしまった。校舎は静まり返っていた。もう生徒はもちろん、先生方もほとんど帰ってしまっているようで、廊下も人影はなかった。

階段を二階まで上がりきる前に、ああ、いるな、と雅子は思った。油絵の具のにおいがする。

猿渡が来てから、放課後に時々このにおいがするようになった。最初のうちは、迷惑だと直接言ったり職員会議で問題にしたりもしていた嫌なにおいだったのだが、次第に慣れてきて、いるのがわかるからむしろ便利とまで思うようになっていた。

ノックしたドアから覗いた猿渡の顔を見たとたん、雅子は走って逃げて帰りたくなった。わけもなくここに自分が来てしまったことが、恥ずかしくてたまらなくなった。

このひとの顔を見ると、いつもなんだか調子がくるう。それは困ったことのはずなのに、なぜか今日、雅子はそんな自分を確認したくてここに来たような気がした。

「あれ、どうしたんですか。もうお帰りになったと思ってました」と猿渡は嬉しそうな顔をした。

「ええ、帰るとこだったんですけど、ちょっと」と言い淀むと、「どうぞ」と中へ促された。

「お話があって」ととりあえず入ってしまう。

「何か飲みますか」と猿渡が言い、「あ、でもお茶しかないけど」とマグカップを渡され、二リットル入りのペットボトルを傾けて注いでくれた。

「お邪魔じゃなかったですか」

「いや、ちょうどもう帰ろうかなあと思ってたとこだったんです」

「何を描いてらしたんですか」

「まだ途中ですけど」と猿渡はイーゼルからカンバスを持ちあげて、雅子のほうに向けた。

「今度の企画展に出す絵が、なかなか決まらなくて。すみません、授業と関係ないことしてて。でも放課後にしかやってませんから、こういうのは」と猿渡が言っているのにかぶせて雅子は思わず「これ、生徒じゃないですか？」と驚きの声を上げた。

「はい。モデルが誰だかわからないようにしてあります。でももしかして、大崎先生にはわかっちゃう子もいるかな」

「これ、企画展に出すんですか」

「まあ、うまくいけば」

「それはまずいんじゃないかしら……」と雅子は言った。眉間に皺が寄っている。

「なんでですか。やっぱ誰かわかっちゃいますか。でもそれ、だめなのかなあ。ただ描いただけですよ。一対一でモデルになってもらったわけじゃないし」

「そういう問題じゃなくて」と雅子は高めの声を出し、「これ、美術部の生徒たちですよね」と色がまだ半分ほどしか重ねられていない絵を見つめた。

教室で絵を描く女子生徒が三人、手前に描かれている。窓から光が明るく射しこみ、頬や腕の質感が柔らかく見える。それとは逆に、背景の色調は暗い。生徒たちの後ろの壁は実際の美術室とは全然違っていろんな色が塗り重ねられてほとんど黒く、なんだか不穏だ。

このひと、やっぱり才能はあるのかもしれない。雅子は絵についての知識はほとんどなかったが、あの子たちのまぶしいほどの明るさと同時にある不安が、この絵の中に再現されていることはわかった。そして、全体から微かに滲むエロス。

「あなたは先生であるより画家であることを優先しすぎているわね。すごく危険」

「それはどうしようもないです。だって僕は一年だけの代替教員だし」

「それでも、あなたが今教師だってことを忘れたら大変なことになるのよ」

「大変なことってなんですか」

「中学校教師が十四歳の女子生徒をモデルに絵を描いてるってネットで炎上して、場合によっては尾ひれがついてやってもいないことまで拡散されて、それが真実だと思われて。PTAで断罪されて、最終的にはクビになる。校長や教育委員会のひとたちにも余波があるかもしれない。当然あなたは一生、学校だけじゃなくどこにも就職できなくなる」

「そんな問題になるようなことかなあ。でも本音を言えば、僕はいい絵が描ければ何を失っても構わないと思ってるんですよね」

「描かれる生徒たちの気持ちは？　あの子たちは思春期なの。生死の境目にいるような、不安定な子もいるの。容姿に自信がなくて、勝手に自分を描かれた絵を公開されたりしたら、ショックで自殺することだってあるかもしれないのよ。この子たち、この絵のこと知ってるんですか」

「いや、まだ……」猿渡は俯いた。

「それ駄目じゃない？　私にはちゃんとモデルの許可とろうとするくせに、生徒には何も言わずに描いてOKなんて、それは教師の立場を利用したパワハラでしょ」

完全にアウトね、と雅子は言った。猿渡はじっと黙っている。

「この子たちを描くのはやめなさい。この子たちをどうしても描きたいなら、教師をやめてから、ちゃんと許可をとってからにしなさい」と言うと、「わかりました」と猿渡は顔を上げてきっぱりと言った。「もう描きません。これも破棄します」

「いや、捨てることはないんじゃない。これ、いい絵だと思うし。とりあえずしばらく置いといて、あの子たちが卒業してもっと……」と言いかけるのを、「いや」と猿渡は強く制した。

「捨てます。わかってたんです僕。僕が今ほんとうに描きたいのはあなただけだから。それ我慢して迷走してるのわかってるんです。何を描いてもうまくいかないし」

「ちょっと待って」雅子は慌てた。「ちょっと確認していい？」

「はい」

「私だけってどういうこと。なんで私なの」さっきまでとは一転して、声の調子が弱くなってしまう。

「だから、何度も申し上げたように、すごくいいから」

「いいって何が」

「何もかも、全部です。雰囲気がいいんです。特に顔。表情がいい。姿もいい。その全部を描きたいんです」

なんだかこの人、詐欺師みたい。

雅子は褒められることに慣れていなかった。ガマ子とかピンクとかババアとか更年期とか、容姿や年齢をあげつらわれることには慣れていたが、こんなふうに正面切って肯定されることなんて、五十五年生きてきて初めてのような気がする。

「あなた前に、真の美って、たしかおっしゃいましたよね」と雅子は言った。「僕は真の美を見ているんだって」

「言いました」

「私がきれいだって」

「はい、きれいです」

「でも、みんなそうは思わないのよ。だから信じられないんだけど」

「嘘じゃありませんよ」と猿渡は怒ったような顔で言った。「あなたはきれいです。僕にはそう見える。みんなには見えなくても、僕にとってはきれいなんだから、しょうがない」

「だったら、証明してちょうだいよ」

「え」

「証明して見せてよ。あなたの目に、私がどう見えてるのか」

「えーとそれは。絵で見せろってことでしょうか」

「そうじゃなくて、なんか他に、説明することはできないの?」

「できませんよ。できたら描かなくていいってことになります。だから証明するってことは、絵を描くってことになります、僕の場合」

「そうなの……」雅子は黙り込んだ。

「証明しますから。モデルになっていただけますか」

「見ないと描けないの?」

「はい」

「頭のなかにあるものを描けばいいんじゃないの。だってその生徒たちを描いたやつは、そうしたんでしょ」

「だめです」と猿渡はきっぱり言った。「このやりかたでは真の美には近づけません。あなたではなくて、僕の想像上のあなたみたいなひと、が描けるだけだ」

「ほんとに真の美なんてあるのかなあ」

「ありますよ。それを描きたくてずっとやってんですから、みんな」と言ってから「みんななっていうか、少なくとも僕はそうです」と猿渡は言い直した。

「何日くらいかかるの、それ描くのに」

「わからないけど、とりあえず一週間くらいは欲しいなあ」

「そんなもんでいいの」

「はい！　まあ、とりあえずってことですけど」猿渡は目を輝かせた。「なんでもしますから。貧乏だからお金はあまり出せないかもしれませんが、できる限りのお礼はさせていただきます」

「そんなのは別にいらないけど」と雅子はお茶のコップを脇の棚に置いて、猿渡に少し近づいた。頭の上あたりに掛かっている、裸の女の絵が目に入る。

「でも、もしやるなら私の絵を一番すごいのにしてほしいな。絶対に、あなたの最高傑作にしてもらいたい。それができるなら、考えてみてもいいかな」

まあ、嘘でもなんでもいいや、と雅子は思い始めていた。一生に一度くらい、私にだってきれいだと言ってくれる人がいたっていいじゃないの。それが恋人でも夫でもなんでもなくて、たとえ絵を描きたいための嘘だとしたって、別に構わない。描き終わるまでの、幻みたいなものだって、別にいいじゃない。

昨日、例の見合いのことで元教頭からまたメールが来た。先方に断られたので今回のことはなかったことに、と記されていた。何なのよ。先方がすごく乗り気だとかなんとか言ってきて、さんざんしつこくしたくせに。

結婚する気なんか全然なかったのに、あんまりしつこく言うから、仕方なく写真を預けたんじゃないの。けれど、もしかしたら、という気持ちが全くなかったとは言えなかった。だから嫌々とはいえ、写真だって渡したのかもしれなかった。

魔が差したのだ。五十を超えた女をもらうつもりの相手なら、若い男みたいに写真だけで判断するようなことはないだろうと思ってしまった。

もう外見の美醜なんか気にしないし、今さら傷つくはずもなかったが、その代わり雅子は、猛烈に腹が立ったのだった。なんでこんな年になってまで、縁もゆかりもないどうでもいい男に、見た目だけで否定されなくちゃいけないわけ?

猿渡に才能があるのかはわからないけど。

真の美っていうのがほんとに私にあるなら、こいつにそれを描かせて、みんなに見せてやろうじゃないの。

猿渡は「わかりました」と言った。「約束します。あなたを全力で描きます。そしたら、ちょっと今、試しにやってみましょうか。そこに座って」と傍らのパイプ椅子を指したので慌てて「え、今?」と戸惑うと、「ずっと待ってたんですから、僕」と強い口調になった。

雅子はたじろいだ。

「いや、まだやるって言ってないでしょ。考えるって言っただけで」

「だから試し、です。さっき、ちょっと見せろって言ったじゃないですか。だからやってみます。それ見てもらってから、ほんとにやるかやらないか決めればいいじゃないですか」といそいそとさっきまで描いていたカンバスの後ろを回って、大きいクロッキー帳を持ってきた。

もう四時半を過ぎていて、斜めにさしていた窓からの日差しはあっという間に弱くなってしまったから、スケッチできたのはほんの二十分ほどだった。

でもそれは、雅子にはもっとずっと長く感じられた。猿渡に見つめられている間、ものすごく居心地が悪いような、嬉しいような、くすぐったいような、複雑に感情が入り乱れるのに耐えていたらぐったり疲れてしまった。でも、まったく不快ではなかった。

むしろ、もう少しこのままでいたいという気がした。

おそるおそる見せてもらったら、粗い線で女の横顔が描かれていて、もちろん美人というわけにはいかなかったけれど、ちょっと外国の年取った女優っぽく見えないこともないじゃない、と思ってしまった。へえ、私って、こんな感じなんだ。悪くないじゃない。

それでつい、もしどうしても必要だったら、場合によっては裸になれるかも考えてみる、と口走ってしまったのだった。

ちょっと興奮していたのかもしれない。

ギャラリーにお伺いしたときに正式な返事をする、と猿渡に告げて、雅子は帰ってきた。

もちろん裸なんて絶対無理だし、ほんとにモデルなんてできるのかわからないけど。

企画展には、大きいサイズの絵を出すと言っていた。それを見てから心を決めよう、と雅子は思った。

行人が約束の時間に少し遅れて店に着くと、桃香が一人でテラス席に座っているのが見えた。

白いクロスの上に、銀のフォークとナイフがセットされている。その上に木漏れ日が降り注いで、きらきら光っている。

外で食事をするのにぴったりの、いい天気だ。

斜め向かいに座ろうとする早瀬を、桃香がちらちら盗み見ていた。短い髪に、日焼けした肌。白いTシャツに、ポケットが脇にいくつかついた濃紺のカーゴパンツ。

「お客さんだよ」と行人は言った。今までにも何度か、客の接待をするのに桃香を同席させたことがある。今日みたいに夕実がいないせいで桃香も連れて行く羽目になるのだったが、大人たちが話すのを黙って聞きながら、いつもつまらなそうな顔で食べている。たいていお客さんはいいスーツを着た年配の男たちだったから、こんなに若くて、こんなラフな服装の人は珍しいのだろう。

赤ワインを一杯ずつと、桃香にはオレンジジュースを頼んだ。早瀬が桃香に、中学何年生なの、と聞いている。

飲み物が運ばれてくるまで、行人は桃香と早瀬をさりげなく見比べた。

前から見ても、横から見ても、やっぱり、どこも似てないような気がする。桃香は細面で切れ長の目をした、お雛様タイプの美人だ。早瀬のように目鼻の大きくて濃い顔立ちとは、正反対のような気がする。

だからといって早瀬が桃香の父親ではないという確証もないわけだが、行人はほっとした。

安心したせいか、前菜のテリーヌを食べる前にワインを飲み干してしまった。早瀬のグラスももうすぐ空だったから、もう一杯頼みましょう、デキャンタのほうがいいかな、とメニューを広げながら、桃香に「早瀬さんにも宿題手伝ってもらったらどうだ」と話しかけた。そんなことを言って、なんだか試してみたかったのかもしれない。何を試すのかよくわからないし、桃香を使って試すなんて最低だとも思うのだが、やめられなかった。飛び込み営業をかけて早瀬との接近に成功してからずっと、何かの痕跡を探したり、言動を観察して、夕実がなぜこの男を好きなのか、そしてこいつが桃香の本当の父親かどうかリサーチするのを、どうしてもやめられない。

「宿題？」

「自由研究なんです」と桃香は言った。

「そうか、いま夏休みなんだ。いいなあ」と早瀬は微笑んだ。

「夏休みないんですか」

「あるよ。でも冬にとるんだ」

「冬に夏休み？」

「そう。冬に夏の島に行って休むから、夏休み」

「早瀬さんは写真を撮る仕事をしておられるんだよ」と行人は桃香に言った。

「そういうの、取材させてくれませんか。自由研究、いろんな職業のひとをインタビューしてレポートするの。できるだけいろんな仕事を集めなくちゃいけないんです」

「いいよ」と早瀬はにっこり笑った。

こいつ、俺が何者か全然気づいてないんだよな、と思うと行人は心が落ち着いた。桃香が夕実の子供であることも、もしかしたら自分の子かもしれないことも、何にもわかっていない。

早瀬と条件面の話をしようと、案内したばかりの部屋の間取り図を広げた。

「あのビル、前から雰囲気がいいと思ってたんですよね。お電話いただいてよかったなあ。実はよく行くんですよ、取引先が入ってるんで」とさっき内覧したときにも言ったことを早瀬は繰り返した。余程気に入ったらしい。

「あそこはなかなか空かないんですよ、場所も便利ですし」

「でも、意外と家賃は手ごろなんですね」と早瀬は爽やかな笑顔を向けてきた。

こんな安いわけないよ、と行人は心の中で言った。古いビルだが、窓や階段の造りが凝っていて、クリエイティブな職業の人たちには人気があるのだ。ネットに空き情報を出したら、たぶんすぐに内覧の予約が入ってしまうだろう。そもそも、早瀬には家賃が高すぎて無理な物件なのだ。だから、調べておいた早瀬の年収に見合う家賃をわざわざ提示した。

夕実のために。

こいつも同じビルに入れてやれば、夕実が喜ぶだろう。俺が何もかも把握しておけば、安心するはずだ。桃香の幸せのためにも、俺がずっと傍にいて助けるのが一番だと、夕実はきっとわかっているはずだから。


夕実はホテルのバスルームで服を脱いだ。ほっそりした体を、溜めておいた熱い湯に沈ませる。

湯船が広いこのホテルが気に入って、定宿にしている。夏のロサンゼルスでも、シャワーだけですますことは決してしない。今日も一日中あちこちまわって、服やバッグや靴やアクセサリーを、広げたり選り分けたり腕いっぱい抱えたりした。買い付けは体力勝負だ。お湯にゆっくり浸からないと、疲れがとれない。

やっとさっき、電卓を片手に、撮ってきた写真を見ながら、今日買い付けた大量の服のチェックをすませた。予算はあと四分の一残っている。明朝はサンディエゴまで行ってみようと思っていた。高級住宅地だから、たまにすごい掘り出し物があるのだ。

状態のいいドレスにあと十点出会えれば成功だな、と思いながら、夕実はよく泡立てた石鹸で体を丁寧に洗った。もうひと頑張りだ。買い付けの成否にアジールの全てがかかっているといってもいいくらいだが、毎回うまくいく保証はどこにもなかった。いいものに出会えるかどうかは、来てみないと全くわからない。

十四年近く、夕実はひとりでロスに通っている。レンタカーを借りて、運転してどこへでも行く。買い付けたものは、できるかぎり手持ちの荷物に入れて、あとはまとめて送る手配をする。最初は英語もうまくしゃべれなかったけれど、必死でなにもかも自分で交渉をした。今ではどこのモールでも、ハーイユミ、とみんな声を掛けてくれるし、困ったことがあれば手伝ってくれる。

今でこそスタイリストやモデルなどの顧客も増え、業界では知られたセレクトショップになったが、最初のころは何の方法も持っていなかった。開店はほとんど博打のようなものだったのに、不思議と不安はなかった。あのころのことは、無我夢中であまり記憶がない。限られた資金で、自分の考えたコンセプトに合って、しかも日本のどこにもないような商品を安く手に入れること。そればかり考えていた。

それと、お腹の子を無事に産むこと。

夕実が十二時間の陣痛ののちに桃香を産んだ朝、行人は涙を浮かべて「ありがとう」と言った。まるで自分の子が産まれたかのように。

僕を好きじゃなくても構わない、と行人は言った。愛してるんだ。君のために働きたい。ずっと一緒にいてくれるなら、他に好きな人がいても構わない。誰の子だろうと、君の子であれば僕は愛せるよ。

本当に、行人はいいパパになってくれた。

夕実は、泡だらけの全身をシャワーで流す。

桃香もパパが大好きで、血がつながっていないことを打ち明けても全くゆるがないほど二人は仲良しだ。

行人の子供を作ろうとしていた頃もあった。桃香にきょうだいを作ってあげたかったから。でも、結局できなかった。それを夕実は残念に思うことさえできる。

他に好きな人がいても構わない。誰の子だろうと、君の子であれば僕は愛せる。

ぞっとする。

どこにいても、何をしようとも、行人から逃げられないような気がする。そんなはずはないのに。

バスローブを羽織り、ベッドに座ってボトルの水をひとくち飲んだところで、携帯が鳴った。

「ママ?」と細い桃香の声が聞こえた。今回はじめて、留守番のお手伝いさんをお願いせずに来た。もう中二だし、パパもいるし、大丈夫だと言われたからそうしてみたのだけれど。声を聴いた瞬間、心配でたまらなくなってしまう。

「桃香どうかした?」と思わず早口になる。「パパはどうしたの?」

「パパは会社」笑いを含んだ声だ。

「あ、そうか、まだそっちお昼ね」

「うん、いまひとりでうちにいる」

「塾はどうしたの」

「一昨日で講習前半終わったよ。しばらく休み。うちで絵を描いてたとこ。お昼に焼きそば作って食べたよ」

「また焼きそばなの」

「好きなもの作って食べていいってママ言ったじゃん」

ふふふ、と笑ってしまう。桃香は麺類が大好きだ。焼きそばのことをちゅるちゅると呼んでいた幼児のころを思い出す。小さな、私のかわいい桃香。

「ママ寝るところだった？」

「起きてたわよ。おやすみメールまだしてなかったでしょう」

「あのねママ。ちょっと聞きたいことがあるんだけどね」

「なあに」

「三角関係っていうのは、苦しいものじゃないの？」

夕実は驚いて「なんでそんなこと聞くの」と言った。

「パパが、ママにも聞いてみなさいって。人によって違うかもしれないからって」

「なんでそんな話したのよ。パパはなんて言ったの」

「苦しいときと、カンビなときがあるって」

「カンビ？」

「甘くて、美しい、って書くやつ」

甘美。三角関係が？

夕実は、なんなのよそれ、と思わずつぶやいた。

「あなたたち、いったい何の話をしたの」

「三角関係でもうまくいく場合もあるってこととか」

「なにそれ」

「パパがそう言ってたの。一昨日パパと早瀬さんとごはん食べたんだ。それで帰ってからパパが説明してくれたの。あの人がママの好きな人だってことと、でもパパとママは大丈夫だってこと」

「ええっ？　どうして早瀬さんとパパが？　どういうことなのよ」

夕実は大声を出し、思わず立ち上がってしまった。電話からは桃香の「ママ、大丈夫？」という不安そうな声が聞こえる。

やっぱり二人だけで留守番させたらいけなかったんだ。夕実は一刻も早く日本に帰りたくてたまらなくなった。

# 八月

ルイ子は、一部ではすでに人気の彫刻家だった。一角獣をモチーフにした塑像が、去年ゴシック小説の装丁に使われたのをきっかけに、ルイ子自身の若さと美貌もあって、美術雑誌のみならずファッション誌にも取り上げられたのだ。一度テレビの情報番組に出たせいでフェイスブックのフォロワーも一万人を超え、翼のある想像上の動物などのファンタジックな作風はＳＮＳ向きなのか、新作の写真を部分的にアップすると、「いいね」が一万近く簡単につく。

だから今回の企画展でも、ルイ子の作品はもっとも人気を集めてほとんどが初日のうちに売れた。

もちろん喜ぶべきことだった。なのに、ルイ子は苛々しながらギャラリーの隅に置かれた椅子に座っていた。

ひっきりなしに知り合いがやってくる。もうすぐオープニングパーティだからだ。本当は向こうでケータリングのオードブルやシャンパングラスを並べたりするのを手伝うべきだったが、やりたくなかった。向こうには猿渡が女と一緒にいたから。

昨日まで、ルイ子は張り切っていた。搬入後、遅くまでかかって、作品を一体ずつ細かく気を遣って配置した。こんな有名ギャラリーに置いてもらうのは初めてのことだったし、グループ展とはいえども、ルイ子の作品をＤＭに使ってくれたことや、搬入後の配置からも、オーナーの清水さんがルイ子を高く評価してくれているのは明らかだった。

来年就職するつもりは、もちろんない。だからなんとかしてそれまでに、ある程度の評価が欲しかった。卒業制作で賞をとるのは最低限の目標で、できればその前に一点でも多く作品を売りたい。そしてできるだけ大きい賞をとりたい。

今回の展示は、その最初のチャンスなのだった。ここは主に日本画を扱うギャラリーだが、オーナーは業界で名の知れた人だし、洋画や彫刻にも最近力を入れるようになっている。毎年この時期に開かれる企画展は、ギャラリー・イフの今年の一押しという意味があって、美術誌の編集者や評論家も含めて大勢招待されている。ここ数年、猿渡は必ず声をかけられて参加していて、ルイ子は初参加だった。今回の反応次第で、ルイ子も個展をやらせてもらえるかもしれないね、と猿渡は言っていた。猿渡はすでに十二月の個展が決まっている。あたしもなんとかして個展をやりたい。猿渡はルイ子の恋人であるだけでなく、あこがれであり、目標だった。

それなのに。

なんなの、あの絵は。

猿渡が搬入したのは、八〇号サイズの一枚だけだった。真っ赤に塗りつぶした背景に、醜いとしか思えない老婆がひとり、こっちを凝視している。今までの猿渡のタッチとは違う、妙な絵だった。裸身のルイ子を描いた「女」シリーズでせっかく評価されたところなのに、今回猿渡はそのシリーズを一点も描かなかった。

ありえない、とルイ子は今日何度目かわからないその言葉をまた小さくつぶやいた。出会って以来、猿渡はずっとルイ子を描いてきた。もちろんほかのいろんな物や人も描くけれど、力を入れて描くのはルイ子だけだった。

別に自分を描かなくてもいいのはわかっている。あたしだって猿渡じゃない男もモデルに使っている。でも猿渡はひとりのモデルから強いインスピレーションを得るタイプなのだ。全身全霊、という言葉の意味を、猿渡に描かれることで初めて目の当たりにした。霊的なほどの猿渡の集中力に、ルイ子は刺激を受けてきた。

それなのに。

頭のなかは「なんで」という言葉でいっぱいだった。どうしてあたしを描かなくなったの。好きじゃなくなったの、それとも別の理由なの。最近いっぱいデッサンしまくってる女は、いったい誰なの。心当たりの場所にいくつか行ってみたりもしたけど、結局誰かわからなかった。

だから、猿渡のデッサンより少し太目で、もっと年取って見えるけれど、あの女が入ってきたとき、ルイ子はすぐにわかった。ついに現れたな。

猿渡が女にシャンパングラスを渡しているのを、ルイ子はじっと座ったまま盗み見ていた。

笑っている。何か言おうとする女の口元に、猿渡が身をかがめて耳を寄せるのを見たとき、ルイ子はいきなり立ち上がった。カウンターにきれいに並べられたシャンパングラスのひとつを摑み、ぐっと飲み干す。グラスに注いでは並べているオーナー夫人が「ルイ子ちゃんおつかれさま」と空けたばかりのグラスに注いでくれた。

「黒岩ルイ子は青田買いしといたほうがいいぞって、清水がいろんな人に言ってたわよ。

良かったわね。あのひと滅多にそんなこと言わないんだから」

「ありがとうございます」ルイ子はまた一気に飲み干した。

ここで清水さんに初めて会ったのは、猿渡と暮らし始めたばかりの頃だった。創作者同士のカップルはうまくいかないよ、わかってると思うけど、と清水さんは言った。いいときは天国だけど、だめなときは地獄だから、と。

地獄。そんなものがこわくて恋なんかしてられるか。

あの女、相当のおばさんだし、相当の不細工だ。猿渡が最近なぜあの女ばかり描いているのかはよくわからないけれど、まあ、箸休めのようなものかな、とルイ子は考えてみる。あまくておいしいものばっかり食べると、飽きるからね。

そのうちこの謎のブームは終わるだろう、と思うことにする。猿渡はきっとスランプなのだ。またあたしを描くようになれば、きっと調子良くなる。ルイ子は根拠なくそう決めた。

シャンパングラスを置き、たくさんの人の間をすり抜けて二人の背後から近づくと、さりげなく女のいるほうとは反対側の腕をとり、恋人らしく両腕をからめながら「誰なの？紹介して」と耳打ちした。

猿渡は反射的にその手を振りほどき、「あとで」とうるさそうに言った。

「先生！」とそのとき後ろから声がして、振り向くと、アジールの夕実さんと、花束を抱えた桃香ちゃんが見えた。ルイ子はなんだか泣きそうになった。

「ルイ子ちゃんおめでとう。ほとんど売却済になってて全く買えなかったわ。いつかウチのウインドウ用にも何か作ってくれないかしら」

微笑む夕実さんは相変わらずきれいだった。おばさんだけど、このひとだったらまだわかる。だって美人だもの。もちろん猿渡がこのひとばかり描き始めたらそれはそれで問題なのかもしれないが、全然知らない不細工を敵にするより、ましだった。

「おめでとうございます」と桃香ちゃんが赤やオレンジのガーベラの花束をくれた。「こっちは猿渡先生に」と白とピンクの色違いの花束も差し出す。

「あら、大崎先生」と夕実さんが猿渡の後ろになっていた女に気づいて、言った。

「先生こんにちは」と桃香も言う。

「何の先生？」と桃香に思わず聞くと、「家庭科です」と言った。

「家庭科ぁ？」と思わず声が出てしまい、なーんだ、と思う。学校の先生か。しかも家庭科なんて。何の才能もない女じゃない。

猿渡は桃香から花束を受け取ると、「この絵、大崎先生からインスピレーションを受けて描いたんだよ」と言った。

はあ？　どこが？　ぜんぜん似てないし。てか、これまったくいい絵じゃないし。

「次は大崎先生にモデルになってもらって、ちゃんと描く予定なんだ」という猿渡の声が聞こえる。その隣で女が微笑んでいる。

「でも、やっぱり裸は無理だからね」と女が猿渡にだけ聞こえるようにささやくのもルイ子は聞き逃さなかった。

「もちろん無理なことはしなくていいです。何も強制しませんから。何も決めず、互いの心のままにやってみましょう。好きな服を着てきて下さい」

何それ。こんなおばさんの裸を描きたいとか言ったわけ？

猿渡が初対面からとにかく脱いでほしいと懇願してきたのを、ルイ子は思い出した。一番きれいな君を見たいとか何とか、しつこく言ってきた。まさか、この人にもそう言ってるのか？

今にも酷い言葉が口から出そうになってきて、ルイ子は慌てて猿渡たちに背を向けると、すごい勢いで人混みを掻き分けながら、自分の作品に群がるひとたちのほうへと大股で歩き去った。

「あのさ、キスってしたことある？」といきなり聞かれて、勇輝は口に入れたばかりのメロンの果肉を噛まずに丸のみしてしまった。

桃香と二人で、近所のファミレスにいる。

夏期講習の後半が始まり、雑誌のモデルの仕事が入って来れなくなった杏梨のために、ノートをコピーして要点を書き加えているのだった。

「なにその顔」と桃香に笑われたのと、味わい損ねたメロンが惜しかったのとで、勇輝は真っ赤になって押し黙った。怒っても、勇輝は滅多に声を上げたりしない。こうして顔を真っ赤にして黙り込むだけだ。

「なんだよその質問。下ネタかよ」齧りかけのメロンを一切れ、また手で持って口に入れた。今度は果汁を口いっぱい味わう。勇輝はメロンと苺が大好きだった。

「幼稚園の頃、たしか勇輝とキスしたことあったと思うんだけど」と桃香が言うのでまた勇輝の顔にほのかに血がのぼる。

「お姫さまを助けに来た王子の設定でさ。やったじゃん？　でもそういうんじゃなくて、ちゃんとしたキスって、誰かとしたことある？」

「だからなんだよその質問。早くすませて杏梨んちにそれ持ってこーよ。俺早く帰らないとやばいからさー」

「またママが待ってるんだ」と桃香がからかうように言う。

「うるせーよ。早く書けよ」

やっぱり言うんじゃなかった。桃香につい、お母さんが自分を好き過ぎてうざい、と話してしまったのだ。

「いいじゃん。たまには遅くなったらいいんだよ。子離れしないとお母さんだってやばいよ」

桃香は偉そうに言いながら、ノートに覆いかぶさるようにしてピンクのペンでかりかり書いている。隣に広げた自分のノートと見比べながら、「パフェ残しといてよ」とさらに言う。

「もう一個頼めばいいじゃん」と店員を呼ぶボタンを押すと、桃香は顔を上げた。

「だめ。一個ぜんぶ食べると太るから」

「じゃ、俺がだいたい食べてやる」

「じゃ、それも勇輝のおごりね」

「苺パフェください」とやってきた店員に注文するのに続けて、桃香が「あとロイヤルミルクティも」と追加する。

「やったー全部おごりー」

「ミルクティはおごるって言ってないだろ」

「さっきの質問ちゃんと答えてくれたらおごらなくていいよ。キス。したことあるなら、どんな感じだったか教えてほしいの」

仕方なく「ねーよそんなの」と答えて、勇輝は細長い銀のスプーンでパフェのアイスと氷をぐしゃぐしゃ突き刺した。

「そっか」と桃香はがっかりしたように椅子に凭れた。

「なんでそんなこと聞くんだよ」

「だって知りたくない？　好きな人とキスするのって、どんなふうなのか」

「してみればわかるんじゃね？」

勇輝はなんだかイライラしていた。

最近桃香は下ネタが多くなったような気がする。あの山之内って先輩にコクられてからのような気がする。もしかしてあいつとキスするつもりなんだろうか。勇輝は股間が膨らみかけるのを感じ、慌ててパフェの溶けかけたアイスを掬って矢継ぎ早に口に入れた。

「勇輝は好きな人いるの？」と桃香が来たばかりのパフェの苺をつまんで、聞いた。

「お前はいるの」勇輝のスプーンから、溶けたアイスが垂れた。

「よくわかんない」

「俺もわかんない」

勇輝はまたスプーンをパフェに突っ込んだ。山之内、と言われなくてよかった。なんでよかったと思うのかは、自分でもよくわからなかったけれど。

桃香が好きなわけではない、と思う。ただ、なんだか不安になるのだ。桃香に好きな人ができたら、何かが変わってしまう気がして、なんとなくこわかった。

「キスしてみたくない？」

「別に」

「ふーん。試してみたくない？　好きな人とキスするのと、友達とするのと、どう違うのかやってみたいの」

「実験みたく言うなよ」

「だめ？　ちょっとしてみたいんだけど」

「何言ってんだよ。誰とするんだよそんなの」

「だから勇輝と」

「はあっ？」思わず大声が出た。

「やだ？」桃香はまじめな顔をしている。

「やだとか、やじゃないとかじゃなくて。変だろ？　俺とお前はつきあってるわけじゃないし、そういうことすると、変なことになるだろ」

「変なことってどういうこと」

「だからあ」勇輝はますますイライラしてきた。「友達同士はキスとかしねーんだよ」

「友達としたら、だめなのかな」

「だめだよ」

「どうして」

「キスだけじゃすまなくなるかもしれないからだよ。そうするとやばいだろ。子供ができたりするかもしれないだろ。おまえ、そういうことちゃんとわかってんのかよ」

勇輝は思わず大声を出していた。

気づくと周りのテーブルのひとたちが、全員こっちを見ていた。


先週、小夜とキスをした。

あれが何だったのか、桃香はいまもよくわからない。

小夜の肖像画は、だいたい下絵までできたところだった。これなら登校日に、猿渡先生に一度見せられる。見せてOKだったら、色を塗り始めることにしよう。

しばらく会えないけど、登校日にね、と言い合いながら、玄関先で小夜とハグしあった。

背の高い小夜の胸に、ちょうど桃香の頬が当たる格好になった。柔らかくて気持ちいい。もう少しこのままでいたいような気がした。さらにぎゅっと力をこめると、小夜も大きな胸を押し付けるようにして密着した。なんだろうこれ。なんで離れたくないのかな。これってもしかして、「好き」ってことなのかな。

でも、好きな人が女子だなんて、変じゃないかな。杏梨や勇輝には絶対言えない。

そっと体を離そうとすると、小夜は回した腕にさらに力をこめて離れようとしなかった。

小夜どうしたの、と首をねじって顔を見ようとすると、「桃香」と小夜の声がした。体をくっつけあっているせいか、くぐもって湿ったような声だった。

「私なんだか、すっごくつらい」

「えっなんで」

「離れるのつらい。ずっとこうしていたい」

「そんなこと言っても」

桃香は困惑した。

「桃香は、私と離れててもぜんぜん平気なの」

「平気なのかな、よくわかんないけど……」

「私は耐えられない」と小夜は顔を上げてきっぱり言った。「私、桃香のことが好き。ずっと好きだったんだよ」

「え」

「桃香もそうなんでしょう。私のこと好きだから、描いてくれてるんだよね」

「いや、そういうわけじゃないけど」と桃香はとりあえず言った。

「嘘。ハグしたらわかったよ。桃香も好きなんだって」

「そうかもしれないけど、でもまだ私、よくわかんない」

小夜は体を離した。

「何がわからないの？　ずっとこうしていたいって今思ってたでしょ。だからしばらく離れなかったんでしょ。ずっとくっついていたい。一緒にいたい。それが好きってことなんだよ。わたし、桃香と朝も昼も夜も一緒にいたい。もっと桃香とくっついていたい。離れるのは嫌だよ。ばらばらになりたくない」

なんか、こわい。

桃香は思わず小夜から後ずさるようにした。

それを追うように小夜の手が桃香の肩にかけられ、もう一方の手が桃香の頬に触れた。

顔が近づいてくる。

小夜のくちびるが迫ってくるのが見えて、思わず目を閉じる。くちびるがくちびるに押しつけられる。すごく柔らかい。ひゃーどうしよう、と思いながら小夜の動きにあわせてしまう。拒否できない。思わずくちが開き気味になってしまう。柔らかくて、あたたかいくちびるに、ふんわりついばむようにされるのにあわせて、桃香も小夜のくちびるをついばむようにした。小夜の息が漏れる。桃香も声が出そうになる。止めていた息が鼻から漏れて、口がさらにひらく。小夜の舌先がくちのなかに入ってきた。なにこれ。小夜の舌先の動きしか感じられなくなる。なんか体がしびれた感じになって何にもわからない。小夜が顔を傾けて、桃香の舌をくわえるようにした。と同時に、小夜の手が、服の上から桃香の胸を撫でた。

あ。Tシャツの裾を小夜の手がまくろうとしている。

やばい。

「だめっ」

桃香は小夜の体を強く押して、突き飛ばしてしまった。

もしもあのままにしてたら、どうなったんだろう。Tシャツを脱がされて、裸になってたのかな。でも、そのあとは女子同士でどんなふうにするのかな。

知りたいような気がする。

けど、そんなことほんとにしたいのか、わからない。

# 登校日

学活はあっというまに終わった。休み中に様子の変わった子がいないかどうかチェックする程度で、もともと特にやることもないのだ。担任を持って初めての夏にはりきっている亜矢が、「夏休みの目標達成率」をひとりずつ言わせようとしたのだが、男子たちの激しいブーイングで言わなくてすんだ。

終わる間際に亜矢が「夏休み中に浅羽さんと会った人、誰かいる?」と聞いた。小夜だけが欠席していた。

みんな黙っているので、仕方なく桃香は「はい」と手を挙げた。

「いつごろ会った?」

「ちょっと前です。十日くらい前」

「どこで?」

「うちです……」

後ろの席から杏梨が「えっなんで？　小夜と遊んだの？」と囁きかけてきた。退屈した男子が私語を始めている。「ほーらもう終わるから！　勝手に席立たないで！」と亜矢が大きな声を出した。

帰りの礼が終わると、「沢口さん、ちょっと」と亜矢に手招きされた。

杏梨に「先帰っていいよ」と告げて、教壇のところまで行く。

「浅羽さんと仲良くしてるの？」と亜矢は言った。

「はい。美術部の課題の、モデルになってもらってるので」

「何か聞いてない？　今日無断欠席なのよ。単に忘れてるだけかもしれないけど」

キスされて突き飛ばしてから、小夜には連絡していない。登校日に仲直りしよう、と思っていたのに。どうしたんだろう。

「いえ。何も」

「そう。あとでおうちに電話してみるけど、もし何かわかったら知らせて」

桃香は席に戻って、学生鞄と、絵を入れたケースを抱えた。

「帰るの？」と背後から声をかけられる。勇輝が朝からちらちらこっちを見ているのは気づいていた。

「まだ。美術室に寄っていくから」と桃香はわざと目を合わせずに答えた。ファミレスで怒鳴られてから、なんだか気まずくて、勇輝としゃべっていなかった。

幼稚園の頃から毎日のように一緒にいて、意識したことなかったけれど、勇輝ってやっぱり男なんだな。キスしたらそれだけじゃすまなくなる、男はそういうものなんだよ、って勇輝は言った。だからお前ためしにキスとか絶対他の奴に言うなよ、そんなこと言ったら危ないからな。

小夜とキスしたって言ったら、それも危ないと言われるだろうか。小夜とはキスしても何をしても、子供はできないと思う。だったら、危なくないのかな。

桃香は廊下を歩く速度をゆるめて、勇輝と並んだ。

「あのさ」と勇輝が桃香を見る。「さっき亜矢ちゃんになんか聞かれてただろ。もしかして浅羽のこと?」

「うん。なんで欠席か聞かれて、知らないって答えた」

「お前ほんとに何も知らないの」

「知らないよ。なんで」

「あいつ、家出したのかもしんない」

「え、なにそれ」

桃香は廊下の真ん中で立ち止まって、勇輝と向き合った。下校するC組の男子たちが、冷やかしながら追い越していく。

「一昨日そう言ってたから」

「会ったの」

「うん、ケンタで待ち合わせて。これの作り方教わった」と勇輝は鞄につけた小鳥の形のキーケースを見せた。

「なにそれかわいい。小夜とよく会ってるの？」

「でもないけど、ＬＩＮＥはよくしてるよ」

「小夜、ほんとに家出したの？　それで今日来なかったの？」

「わからないけど」

自分より、勇輝のほうがずっと小夜のことをよく知っているような気がして、桃香はなんだかもやもやした。好きだって言ってくれたのに。ハグだって、キスだってしたのに。家出のこと教えてくれなかった。

「大丈夫なのかな。家出って、どこにいるんだろう」

「なんか、おごってくれる人がいるんだって。夜ひとりでいると、カラオケつきあってくれたりとか」

「え。それってやばくないの」

「オレもそう思ったんだけど」と勇輝は言い淀んだ。「でもあいつ、しっかりしてるから。へんな男にはついていかないいんじゃね？」

「家出した子におごったりカラオケつきあったりするんだよ。へんな人に決まってるよ！」と桃香は怒った。「なんで止めないのよ。危ないじゃん」

「一応言ったんだけど。ごめん、オレあいつの前だとなんか強く出れなくて。何考えてんのかよくわかんないんだもん」と勇輝はしょげ返った。

どうしよう。誰か大人に相談すべきな気がするけど、亜矢ちゃんとママとどっちがいいだろう。あ、それよりまず小夜のお母さんだ。

「勇輝、小夜のお母さんのお店わかる？」と言いかけたところで、チャイムが鳴った。桃香ははっとして、「やばい、学活終わったらすぐ来るように言われてたんだった、ちょっとこれ持ってて」と勇輝に鞄を押しつけ、走ったらいけないことになっている廊下を、美術室まで猛ダッシュした。

「この絵って、もしかしてルイ子さん？」

雅子が目の前に掛けられた裸婦像を指した。

「そうです。あいつ、自分がそうだったからって、俺が、描く女といちいちつきあってるんじゃやないかって思うらしくて」

猿渡はルイ子と喧嘩して追い出されて、この三日間、カプセルホテルに寝泊まりしていた。

「確かに、恋人が自分以外の女と何日も二人きりでいるってことになったら、心配だものね。だけどまさか私もその心配の対象になるわけ？　そんなはずないじゃないの。親子ほども年の差があるのよ。何も心配することなんかないのに」

「まあ、そう言ったんですけどね」

「じゃあ、ルイ子さんをここに呼べばいいんじゃないの。心配だったら、描いてる最中見張ってればいいじゃない。そうすれば安心でしょ。私は別に構わないわよ」

それは困る、と猿渡は思った。

できれば、どこかもっと雅子がリラックスできる場所で、なんとか脱いでもらえないかと考えていたからだ。約束の一週間が終わっても、猿渡は納得のいく絵が描けなかった。一応描き上げたものも悪くはなかったが、まだ手ごたえがなかった。

なぜだろう。これまで雅子を見るたびに感じてきた、はっとするような瞬間が訪れない。場所を変えれば、なんとか突破口を見つけられるかもしれない。それで、もう一週間ほしい、と雅子にお願いしてみたのだったが。

ルイ子が疑っている通り、確かに猿渡はモデルと寝てしまうことが多かった。抱きたくなるのと描きたくなるのと、どっちが先かはよくわからなかったが、これまでは肉体関係と作品はセットのようになっていることが多かった。一回限りの、行きずりの関係も含めて。

だからこんなふうに、肉体的な欲望を感じる前に描きたいとはっきり思う対象に出会ったのは、初めてだった。俺はこのひとのどこに魅かれているんだろう。

これまでモデルに脱いでもらうことはごく自然な男女関係の中でできていたから、こんなふうにどうしたらいいか悩むこともなかった。

先に寝てしまえばいいのか？

でも、どこで？

とりあえずどこかで二人きりになって、このひとのヌードを見てみたいのだが。

そのとき「先生」という声と共にノックする音が聞こえて、ドアを開けると桃香が息を切らして立っていた。そうだった、下絵を見る約束をしていたんだった。

「そしたら先生、また後で」と雅子は出て行ってしまい、猿渡は仕方なく桃香に「どれ、見せてみろ」と顔を向けた。


勇輝は桃香の学生鞄を抱えたまま、廊下の手すりに凭れて立っていた。

俺のせいかもしれない。俺があんなことを言ったから、あいつ今日来なかったのかもしれない。

「あたしって変かな」とぽつりと言った小夜の顔を思い出して、勇輝は胸が痛んだ。

小鳥型のキーケースはネットで作り方を見つけて、どうしても作ってみたくなった。見本は黄色い鳥だったのを、もう少し目立たない色にして鞄に下げられるようにしたい、と小夜に言ったら、材料を買ってきてくれたのだった。

塾の帰りに、またケンタの二階で待ち合わせた。小鳥のかたちに切りぬいた青いフェルトを二枚合わせて、勇輝がちくちく縫っている間、小夜はときどきアドバイスしてくれながら、自分の道具を出して、これは前身頃なんだ、と編み棒をさしたピンクのグラデーションの編地を見せてくれた。

休み中にサマーセーターを作って、桃香にあげるつもりらしい。

「それ渡してコクるの」

「違うよ。ただあげるだけだよ」

「なーんだ」

「もう告白は、したもん」小夜は得意げな声を出した。

「え」小鳥の尾の部分を縫っていた勇輝は顔を上げた。「したの？　ほんとに？」

「うんしたよ。少し前に」

小夜が平然とした顔で言うのに、勇輝は少しショックを受けた。全然知らなかった。

「キスもしたし」と言うので、勇輝は完全に手が止まってしまった。

「女同士で？」

「そうだよ」

「男子とはしたことないの」

「あるよ。でも女子とするほうが好きかな。柔らかくて気持ちいいもん」

「でも、じゃあ、なんで女子はみんな男子を好きになるの」

「知らないからじゃない。女子のほうがいいのに」

勇輝は動揺して、手を動かそうとするが同じところを何度も刺してしまう。

「でも瀬波くんは肌きれいだし顔かわいいし、女子っぽいからいいかも。ひげも生えてないんだね」と小夜がじっと見るので顔に血がのぼる。

「薄いけど、生えてはくる」と言っている間に小夜の手が伸びてきて、顎をなでられた。ひゃっと変な声が出てしまって、ますます頰が熱くなる。

「やめろよ」

「すべすべ」と小夜が嬉しそうにするのを見て、さらに赤くなってしまう。真っ赤な顔で「おまえ、桃香にもこういうことしてんのか」と怒ったように言った。

「うん」と言うので「やめろよ」と強い声を出す。

「なんで。だって桃香も気持ちいいって言ったよ。ずっと抱き合っていたいって」

だきあう？　勇輝は声を出さずに心の中で叫んだ。

その顔色を見て小夜が「違うよ、ただのハグだよ」と言うのでほっとする。

「そしたら浅羽と桃香はつきあってるってことになるの？」

「わかんない」小夜はどうでもいいことのように言った。「別につきあわなくてもいいんだ。とりあえず、好きって言いたかったの。それで嫌われなくて、できるだけ一緒にいられれば」と小夜はまた編み棒をすいすい動かし始めた。

桃香をこいつと二人きりにさせたらだめだ。桃香はこいつとは違うんだから。どこが違うかわかんないけど、とにかく違うんだから、と勇輝は強く思った。

「キスだったら、俺も昨日桃香にしようって言われたけど」

「え、そうなの」と小夜は手を止めて、顔を上げた。

「それにあいつ、三年の男子にコクられて、つきあうのかもしれない。水泳大会の応援行くんだって」

小夜は驚いたような表情になって黙った後、また手を動かすためにうつむいた。そして、「そうなんだ」と言った。「知らなかった」

勇輝はその声を聞いて、しまった、と思った。

「ごめん」勇輝は慌てた。「でもあいつまだその先輩とつきあうって決めたわけじゃないはずだから。断れなくてとりあえず行くことになっただけだから。杏梨も一緒に行くみたいだし」

小夜は何も言わなかった。

「俺とも別に好きとかそういうのでキスしたいってことじゃなくて、試しにって感じだったから。ちょっと男子ともしてみたくなったんだと思う」

小夜は黙ったままだ。

勇輝は、やべーもっとなんかフォローしなくちゃ、と焦ったがそれ以上は何も言えず、仕方なく黙々と手を動かした。

小夜がぽつりと「みんな、結局男子がいいのかな」と言った。

「あたしってやっぱ変なのかな」

「変じゃないよ。変なところもあるけど、でも変じゃないよ、全然」

「変なところってどこ」と言う小夜の真剣な目に、勇輝は必死で「好きな人が女ってところ。あ、でも、みんなとは違うけど変じゃないよ。俺だってこういう手芸してるのみんなとは違うから隠してるけど、それは変って言われるのがやだから隠してるだけで、ほんとは変なことじゃないって思ってるし、だからお前が女子を好きでも俺は変じゃないと思う」と早口になった。

「うん。わかる。でも、あたし、みんなに変だと思われても別にいいんだ。好きな人以外の、地球上の全員に変だって言われても、全然平気」

俺はそんなのやだけど。俺は誰にも変だと思われたくない。

「でも、桃香に変だと思われたり、嫌われたら、死ぬ」

「嫌われたりしないよ、大丈夫だよ」

「なんでそんなこと言えるの」小夜は怒った顔になった。

「わかんないけど、たぶん」

俺ちっちゃいころからあいつといるから大体わかる、と言おうとしたが、ますます怒られそうな気がしてやめた。

「わかんないでしょ。桃香の気持ちなんて、あんたにも、誰にもわかるわけないでしょ。適当なこと言わないでよ」

「ご、ごめん」

勇輝は俯いて、テーブルの上の、片側だけ黒いビーズの目をつけたフェルトの小鳥を見つめた。

「こっちこそごめん、八つ当たりしたかも」と小夜はつぶやいた。両手で編み棒をぎゅっと握っている。

「あたしの『好き』と、桃香の『好き』は違うみたいなんだ。だから両想いじゃない。つきあうのって、それじゃ無理なんだよね」と小夜は言った。そして「やだなーなんかぴみょーに死にたくなっちゃった。久々に家出でもしよっかな。瀬波くんもしてみる？　気晴らしになるんだよ」と薄く微笑んだ。


とりあえずいったん家を出よう、と夕実は思った。

後のことは考えずに、桃香だけ連れて、とりあえず身一つでこの家を出よう。店は臨時休業か、しばらく美紀子さんに任せればいい。

早瀬の事務所が四階に入ることになった経緯を、夕実は行人の口からついに聞かされた。

「サプライズだよ」と行人は微笑んだ。気に入りの青いネクタイを締め、出勤の支度を終えている。

「喜ばせようと思ったんだ。彼が同じビルに入れば君が楽になるんじゃないかと思って。仕事もしやすくなるだろうし、もう待ち合わせの必要もなくなる」

夕実はぞっとした。いつも早瀬と待ち合わせしているバー。それもこの人は知っているんだ。

「あなたおかしいんじゃない」とつぶやく。でもそれは、今に始まったことではなかった。最初からそうだったのに、ずっと目を閉じてきたのは夕実自身だった。ホステスをやめてひとりで子供を産もうとしているのを知って、行人がプロポーズしてきたときから。

今までにも、隠し事を行人にいつのまにか知られていたことは度々あった。初めのうちはそれが愛情のように感じられたこともあったのだ。

でも、もう無理。

これ以上、早瀬を巻き込みたくない。行人が夫であることは仕方なく言ったけれど、偶然だということにしておきたかった。

何もおかしくないよ、と行人は言った。僕はあの男と何度か会ってすっかり好きになった。だから君が好きになるのもわかるよ。あいつが桃香の実の父親なんだろう？　いずれ桃香に本当のことを言うつもりなんだろうけど、それはどうかなあ。あの男は家庭向きではないよね。いつ仕事がなくなるかわからない不安定な職業だ。あの男と暮らしたって幸せにはなれないよ。桃香だって、あの男をお父さんだと今さら思えるわけがないだろう。でも、あいつの子をまた産みたいと思ってるなら、それは大歓迎だよ。ただ、高齢出産のリスクがあるからね、病院はいいところを僕が探しておく。産まれたらまた籍に入れてあげるよ、桃香の時のようにね。だから今まで通りここにいてくれるね。

夕実が青ざめたまま黙っているのを見て、行人は微笑んだ。

今さら離婚はしないよ、絶対に。君だってあの店を手放すことになったら困るだろう。たとえ訴訟を起こされても、桃香の親権だけは絶対に渡さない。もう用意してあるんだ。君がどんなに悪い母親かということはいくらでも証明できる。事実は関係ないんだよ。客観的にみて、君が母親として失格だという証拠があれば、社会ではそれが事実になるんだ。

行人は一度も声を荒げたりしなかった。いつものように静かに、諭すように夕実を優しく見つめながら話した。

自分のせいだ、と夕実は思った。

いい夫にも、いい父親にもなってくれた。店が軌道に乗るまでサポートしてくれたし、何不自由なく暮らすことができたのはこの人のおかげだ。ただ、なぜかこの人をどうしても好きになれなかった。それだけがうまくいかなかった。それでどんどん変なことになった。

もっと早く、なんとかすべきだったのだ。

いま出なかったら、もうチャンスがないかもしれない。桃香はまだ学校から戻らない。午前中で終わると言っていたから、そろそろ帰ってきていいはずだけど。荷物をまとめて、帰ってきたらすぐにここを出るのだ。どうするかは出てから考えよう。

当面必要なものだけ詰めた大きなスーツケースを玄関に運び、桃香の分もわかる範囲で詰めておこうと花柄の小ぶりのケースを開いたところで、電話が鳴った。

「ママ、小夜のお母さんのお店知ってるよね。名前なんていうの」という桃香の声がいきなり聞こえた。

「知ってるけど、どうして。今どこにいるの。学校じゃないの」

「いま見附の駅前。勇輝といる」

「なんでそんなとこにいるの。早く帰ってきなさい」夕実は思わず叱るような口調で言った。

「小夜が今日学校来なかったの。おうちに電話しても誰も出なくて。これから勇輝と、小夜のママのお店に行ってみようかと思うんだけど」

「だめ」と夕実は鋭い声で言った。「いい？　すぐに帰ってくるの。あのね、桃香よく聞いて。これからママと桃香はうちを出て違う場所にしばらく行くことになるの。だからあなたはすぐに戻って必要なものをスーツケースに入れてちょうだい」

「え、なんで。どこに行くの。おじいちゃんのお墓参りは来週だよね」

「お墓参りは行かなくなったの。とにかく早く帰ってきて。説明するから」

「ママ、でも、小夜がいないんだよ。そうするとあたし絵が描けなくなっちゃうんだよ……」

とにかく帰っていらっしゃい、いいわね、と強く言って、はいと答えさせたはずなのに、桃香はいつまで待っても戻ってこなかった。


こんな若い子にナンパされたのは初めてだな、と早瀬は思いながら喫茶店の赤いビロード張りの椅子に座った。習慣で煙草を取り出そうとして、やめる。アジールから出てきたところに声をかけられて、最初はなんのことだかさっぱりわからなかった。

女の子は硬い表情のまま、向かい側の席に浅めに腰掛けている。

「何が飲みたい？」と早瀬はにっこり笑ってメニューを開いた。「コーヒー、紅茶、緑茶、ハーブティ、なんでもあるけど。カルピスもあるよ」

「カルピス」とつぶやく表情に一瞬、子供らしさが覗く。

「オーケー、カルピスね」

四階から降りて、アジールの店員に写真を届けたところだった。

「桃香のママと、つきあってるひとですよね」とこの子はいきなり声をかけてきた。桃香というのが誰だったか思い当たるのにしばらく時間がかかったし、この子がどうやらその夕実の娘の同級生らしいことまではわかったが、どうやって俺のことを知ったのかはまだわからない。

とりあえず話をしてみるか、という気持ちでここに連れてきた。だいぶ思いつめた目をしているし、中二にしては大人びた風貌に惹かれたのもある。被写体として見てしまっているのかもしれない。興味深い顔だ、と早瀬は目の前でカルピスを飲む子をじっと見ながら、思った。整ったつくりで、美人と言えるだろうけれども、だいぶ顔つきが暗い。その暗さに早瀬は惹かれた。

「桃香ちゃんの友達？」

「はい。同じクラスです」浅羽小夜と名乗った少女は素直に答えた。

「で、俺のことは桃香ちゃんから聞いたの」

「はい。ていうか、ママに恋人がいるって桃香が言ってて。ハヤセさんって名前だけ聞いてたから、さっき店員さんが呼びかけてるのを聞いて」

「それで俺を特定したわけだ。もしかして待ち伏せしてたの」

小夜はうなずいた。

「で、何が知りたいの」

「桃香のママのこと、好きなんですか」

鋭い視線にたじろぐ。こういうのは久しぶりだな、と思う。若い頃には何度も、女にこういうまっすぐな目で見られたことがあった。まあ、それはたいていい責められているときだったが。

「好きだよ」と軽く答える。小夜の目が少し和らいだ。

「桃香が心配してて」

「何を」

「パパとママが離婚とかになったらどうしようって」

「それは大丈夫じゃないかなあ」

「そんなのわからないですよね」

「だとしても、それは俺の問題じゃないんじゃないかなあ」

「でもあなたがいるとそういうことになるかも」

「可能性はあるけど、基本は夫婦の問題でしょ。俺にどうしてほしいわけ？　君はそもそもなんで桃香ちゃんの代弁をしてるわけ？」

そう言うと小夜は黙った。早瀬はコーヒーをひとくち飲んだ。今日はもうコーヒーを飲みたくなかったのだが。どの打ち合わせ先でも出されて、飲み過ぎてしまった。

「代弁じゃありません。つきあってほしいんです」と小夜は顔を上げた。

「つきあうって、何に？」

「そうじゃなくて、私とつきあってほしいの。桃香のママとじゃなくて」

早瀬は「君まだ中学生でしょう」と言った。

「はい。でも経験あるから」

「経験って。あのね。僕が君とそういうことになるとね、つかまるかもしれないんだよ」

「知ってます。だから内緒で。誰にも言わなければいいでしょう」

「だめだよ。君、何が目的でそんなこと言うの」

早瀬は無意識に煙草を取り出して、火をつけた。


古い雑居ビルのエレベーターで四階まで上がると、正面の黒いドアに「クラブルージュ」と赤い文字で書かれているのが見えた。

桃香がノックしてみたが、反応はない。

「だからまだやってないんだよ。制服でこんなとこにいるの見つかったらやばいから、もう帰ろう。別に家出したって決まったわけじゃないんだし。今日はだるくてばっくれただけだよあいつ。明日になったら連絡つくよきっと」と勇輝はまくしたてたが、桃香は「ここ以外に、あと二つ店あるんだよね。全部行ってみようよ。それでもいなかったら、家に行ってみる」ときっぱり言った。

「だって家には誰もいなかっただろ、さっき電話したとき」

「でもなんか、絶対会える気がする。小夜、私が探しに行くのを待ってる気がする。電話に出ないだけで、おうちにいるかもしれないし」

ここであきらめたら、きっと後悔する。帰らないとママには怒られるけど、後で謝ればいい。

「そういえば勇輝のお母さん心配するから、もう帰っていいよ。私ひとりでも平気だから」

「いいよ別に」

「ママが待ってるんじゃ」と言いかけると「待ってねーよ」と不機嫌そうな顔をした。

「大丈夫なの」

「うざすぎなんだよあいつ」

「わかる、過保護なんだよね、うちの親も勇輝のママも」

もう子供じゃねえっつーの、と勇輝は言ったが、けっこう内心では、もうちょっと子供のままでいたい、とも思っている感じがした。

開店前の居酒屋やバーが、昼の光に汚れをさらして立ち並ぶ路地を抜けて、二人はTBS前の通りまで歩いた。

早瀬はコーヒーに珍しくミルクを入れた。テーブルの向かいに置かれたカルピスには赤いストローが刺さっていて、グラスにうっすらと水滴が張り付いている。

「どうして君がそんなこと望むの」

「親が離婚したら桃香が困るから」

「頼まれたの」と聞くと首を振った。

「夕実と俺が今後どうするかはとりあえずおいとくとしてさ」

「ごまかさないでください」

早瀬は、ごまかしてるつもりはないよ、と笑った。

「だって君は関係ないでしょ。はっきり言って、夕実以外の誰も、俺との関係に口出しはできないよ」

「そんなことないですよね。子供がやめてって言う権利はあるよね」

「そうかなあ。二人のことをどうするかは二人で決めるしかないんじゃないかなあ」

「二人二人って言うけど、二人の問題じゃなくなることがあるから。離婚ってなったら子供にも影響あるから」

「それは」と早瀬は言いかけて黙ってしまった。確かに、離婚となると子供が困るのは事実だろうな。しかし、それも俺がどうにかすべきことなのか。むしろ、夫婦で考えるべきことじゃないのか。

「じゃあ俺はどうすればいいのかな。いざとなったら身を引けばいいのかな」

「できますか」と小夜がまた強い目をした。いいなあこの目。

最近夕実が、これに似た目をすることがある。このまま会い続けるとまずいことになる気はしていた。近づき過ぎて関係が煮つまると、ろくなことにはならない。そういえば事務所の物件オーナーが夕実の夫だったのだって、たまたまとはいえ何だか妙な気もしていた。

そろそろ潮時なのかなあ。この子をきっかけにすればいいのか。

「できるかどうか、考えてみるけど。俺より夕実に頼んだほうがいいんじゃないのかな」

「そうですか」と小夜はきょとんとした顔になった。緊張が緩むとだいぶ雰囲気が変わる。

「うん。だって俺が離れて、形だけ夫婦が安定したとしてもさ、夕実が俺を好きなままだったら意味ないじゃん」

「すごい」

小夜の顔が一瞬輝く。

「離れても相手は自分をずっと好きなはずって思ってるんだ。どうやったらそんな自信持てるの」

「君は自信ないの」

「自信満々なときと、全然ないときがある。差が激しいの」

「どういうときになくなるの」と聞くと、言いにくそうにしてから、小さな声で「好きな人の前とか」と言ったので早瀬は思わず笑った。

「そんなの誰だってそうだよ」

「でもあなたは桃香のママが自分をずっと好きって信じられるんでしょう」

「うーん、でも最初からそうだったわけじゃないよ」

「そうなの」

「最初は不安だったと思うよ。こわかった。いつ捨てられるかわかんないし」

「そうなんだ。じゃあどうしてこわくなくなったの」

「長くつきあってだんだん信じられるようになったのかなあ。でも、それがいいことかどうかはわからないよ」

「どうして」

「不安じゃないってことは、もうそんなに好きじゃないってことかもしれないから」

「そうなの」小夜はまたきょとんとした顔になった。

ちょっと難しかったかな、と早瀬は思いながら煙草をまた無意識にポケットから取り出そうとして、やめた。吸っていいですよ、とそれを見た小夜が言う。繊細な子だ、と早瀬は思いながら、いやいいんだ、とシャツの胸ポケットに戻した。

「好きな人がいるんだね」と言うと「はい。でも、うまくいかないと思う」と妙にきっぱり答えるので、「なんで」と聞いた。

「だって、女同士だから」

「相手が女の子なの?」

「そうです」

「なんでそれでうまくいかないって決めるんだよ」と早瀬は煙草をくわえて火はつけずに、言った。

「君を受け入れるかどうか決めるのは君じゃない。相手だ。君はすごく魅力的だよ。個性的だ。事務所とかには入ってないの? 入ってたら撮らせてもらいたいくらいだ。写真家の俺が言うんだから間違いないよ」

「でも、カメラマンの人って、誰にでもかわいいって言いますよね」と睨むので、笑った。

「そんなことないよ。それはグラビアで女の子をたくさん撮ってる人のイメージじゃないかなあ。僕はファッション少しと、基本は広告ばっかりだから」

小夜の顔をじっと見つめた。それでも視線を逸らさない。

「君は驚くほど顔の印象がいろいろ変わるなあ。ちょっと釘付けになるよ。それだけじゃなくて、こうして友達のために知らない男と差しで話す勇気があるところも、自信持っていいと思うよ」

「じゃあ、私とつきあいたいって思う?」

いい目だ、と早瀬は思う。

「君さあ、好きな子がいるんじゃないの？　どうして俺なんかひっかけようとしてんの」

小夜は黙ってうつむいた。カルピスのグラスを持って、ストローを咥える。目を伏せると子供っぽさが全く消えた。長い睫毛の影。グラスの底から水滴が落ちる。

この子を今すぐ撮ってみたい。早瀬は思わず片目を閉じて、指でつくったフレームで小夜を切り取った。

小夜が「家出」と称して、お母さんが店の女の子たち用に借りているワンルームマンションの一室に時々寝泊まりすることがあるらしいとわかったのは、三軒目のキャバクラの前だった。

桃香はやっと訪ねあてた店の前で、疲れてしゃがみこんでしまった。

このまま開店までここで待ってようよ、そしたら小夜のお母さんそのうち来るはずだから、と言い張ると、こんなとこにいたら補導されるから絶対だめだと勇輝も譲らなかった。押し問答を続けた挙句、桃香はキレて「もう帰ってよ、あたし一人で待ってるから」とそっぽを向いて口をつぐんだ。勇輝も黙ったまま、雑居ビルのエレベーター脇の狭い階段にしばらく並んで座っていた。

幸い、まもなく黒いドアの鍵を開けに来た茶髪の若い男の人に、小夜のいるかもしれないマンションの場所を教えてもらえた。それですぐ行こうとしたのに、勇輝が腹減ってもう死ぬと言い出したから、仕方なくマックでなんか食べようと、駅のほうへ歩いていたところだった。

前方に、当の小夜に似た子が立っているのが見えた。心臓が止まるかと思った。腰まであるストレートの髪。小さい顔。うつむきがちな姿勢。「小夜！」と桃香は叫んだ。

小夜は一人で喫茶店のドアの前に立っている。

名前を呼びながら、桃香は近づいた。

それに気づかないまま、小夜はちょうど店から出てきた男の人に向かって何か喋っている。二人が背中を向けて歩き出そうとしている。

もう一度名前を呼んだ。

不思議そうな顔で小夜がやっと振り向き、隣の男の人も立ち止まってこっちを見たので桃香も視線をうつすと、そこにはなぜか早瀬さんが立っていたのだった。


雅子はカウンターに向かって「すみません、とりあえずシンハービールふたつ」と声を張り上げた。メニューを開いてからふと目をあげると、猿渡と目が合った。また凝視している。

「あ、すみません」と猿渡は目を伏せた。でも気づくと、また見ている。

「描いてない時までじろじろ見ないでよ」

「自分ではそんな見てるつもりないんですけど、つい。もしかして、動いてる時のほうがあなたはきれいなのかなあ」

「何よそれ。さっきまでさんざん、動くなとかしゃべるなとか言ってたくせに」

雅子はビールを飲み干し、早速きた青パパイヤのサラダを取り分けようと手を伸ばした。

「すみません。なんだか混乱しちゃって」

猿渡が眉間に皺を寄せてうつむくと、雅子は「いいから食べなさいよ」と皿を差し出した。

「また今日もうまく描けなかった？」

「いや、とりあえずいい感じです」

「じゃ、なんでそんな暗い顔してるの。食べなさいよ。おいしいわよ生春巻。ここのは自家製だから、そのへんで売ってるぺらぺらの皮と全然違いますからね。ほら」と雅子は春巻をひとつ、猿渡の皿に載せた。

「ちゃんと食べないとますます痩せちゃうわよ。そんなんじゃ、年取ったら絵を描く体力なくなっちゃうわよ」

「はい」と猿渡は大人しく食べていたが、しばらくして急に箸を置くなり、「大崎先生。これが最後のお願いですけど」と改まったような声を出した。

「何？」

雅子はすきっ腹に飲んだビールがまわって、気分が良くなってきた。

このひと、まだ絵の話するつもりかな。美味しいもの好きじゃないのかなあ。もっと食べたり飲んだりして楽しめばいいのに。この世の美は、絵だけじゃないんだからさ。

「どうか誤解のないように聞いていただきたいんですけど」と猿渡が続けた。「「だから何よ。ちゃんと聞きますよ」

雅子はまたカウンターに向かって「ビール中ジョッキおかわりください」と叫んだ。

「はいただいまー」と黒髪をきれいに結い上げたベトナム人のママが愛想良く返事をする。

「もう一度描くにあたって、確認したいことがあって」

夏休みが終わる前に、猿渡はもう一枚雅子を描こうとしていた。先に描いた絵も、雅子が見たところ充分に思えたが、猿渡は納得いかないらしかった。

「大崎先生」

猿渡がまた改まった調子で言った。

「はい」

「僕のこと、好きですか」

「何よその質問」

「僕は大崎先生が好きです」

「そう。ありがと」

「真面目に聞いてください。考えたんですけど。僕はたぶん、大崎先生にひとめぼれしたんだと思うんです」

「何言ってんのよ」

猿渡がまたじっと見つめてくる。雅子は少し動揺した。描かれてもいないのにそうやって見られると、どうしていいかわからなくなる。

「からかうのはよしてよ。私はあなたの親と同じくらいの年なのよ。好きだのなんだの、もう関係ない年なんだから」

「じゃあ嫌いですか」

「嫌いではないけど」

「じゃあ好きなんですね」

「なによその強引な二者択一は。ちょっと待ってよ」

雅子は仕方なく箸を置いた。

「猿渡先生。あなた、恋人がいるでしょう。そんなこと言っていいわけ？　いったい何なの。失礼なことばっかり言うんだったら、もう明日は来ないわよ」

「ルイ子とは別れます。僕は大崎先生が好きなんだと思う」

「あのね。そういうのは、先に彼女と別れてから言うべきことでしょ。別れてもいないくせにそんなこと言われて、誰が信じるのよ。かわいい恋人と一緒に暮らしといて、こんなおばさんを好きだなんて、そんなことあるわけないでしょ」

雅子はぴしゃりと言った。

「何でそんな嘘言うの。ほんとのこと言いなさい」

「ほんとのこと」

猿渡がつぶやいた。

「そう。頼みごとがあるんでしょ。言いにくいからごまかそうとしてんでしょ」

こういうの、よく生徒がやる。都合が悪いことを言う前に、まずびっくりさせたり心配させたりして気を引いてから、やっと肝心のことを話す。

「嘘じゃないです。ほんとに好きなんです。でも確かに、ルイ子と別れる前に言うべきじゃなかったですね。すみません。なんか混乱して。どうしても今日お願いしたいことがあるんですけど、どう言えばいいのか……」

「だったらそれを早く言いなさいよ。好きだとかなんとか、前置きはいらないから」

「わかりました。じゃあ」と猿渡は座り直し、「大崎先生。いや、雅子さん」と目をみつめて言った。

雅子はその顔を見て、急に少しこわくなった。何を言おうとしているのかなんとなくわかったし、さっさと言えばいいと思っていたはずなのに、思ったより猿渡の顔が必死で、どきりとした。

カウンターの向こうで、洗い物をする水音と、何か炒めている音がする。猿渡がまた睨むようにじっと見つめてくる。雅子はビールを飲もうとジョッキを上げかけて、やめた。

「雅子さん。僕に裸を描かせてくれませんか。お願いします」

猿渡はそう言って頭を下げた。

ついに来たか、と雅子は思った。そのうち頼まれるような気がしていた。そうなったらもちろん、断るつもりでいた。

猿渡は頭を下げたまま、じっと雅子の答えを待っている。

「五目焼きビーフン、お待たせしましたー」という声と共に、大皿がテーブルの真ん中に置かれる。その湯気の向こうの猿渡を、雅子はしばらく見つめた。やっぱりすごく若いなあ、と思う。

この人の前で、裸になることができるだろうか。

まだ出会って四か月の、絵を描くことにしか関心のない、ただの職場の同僚である、この人に。もう何十年も男に見せたことのない、隠したいところだらけの裸を晒すことが、本当にできるだろうか。

こうして食事するのも初めてだったし、もちろん二人でどこか行ったこともない。ただ、何時間も見つめられ、描かれた。

描かれているうちに、時々雅子は不思議な感覚になることがあった。なんだか自分が今だけは、この人の目にはすごくいいものに見えているのだと、確信できる瞬間があった。猿渡が自分を描くのに没頭している気配を感じながら、じっと動かずに美術室の窓の向こうの桜並木を長いあいだ見るともなく見ていると、時折風が吹いて木々が揺れるときなんかに、その景色が驚くほど美しく見えることがあった。

旺盛に繁ったたくさんの葉が風に揺れるたびに、夏の日差しがそのすきまからこぼれ落ちては、きらきら光っている。光に透けたり影に濃くなったりしながら、葉の色が無数のバリエーションを見せて、刻々と移り変わって行く。

なんてきれいなんだろう。緑って、こんなにたくさんの種類があったのか。

ずっとこうしていたい、と雅子は思った。ずっとここで猿渡に描かれながら、目に映るもののすべてに、うっとりし続けていたい。

しばらく黙ったあとで、「いいけど」と雅子は言った。

「え、ほんとですか」猿渡の顔がぱあっと輝いた。

「あなたがすごく私の裸が見たいのも、描きたいのも、ずっと感じてたから。でも、ひとつ約束してほしいんだけど」

「なんですか。なんでもします」

「描くだけにしてほしいの。触らないで」

「もちろんです。描く以外のことは絶対しません」

「なんだか潔癖で、臆病みたいに聞こえるかもしれないけど」

「いえ、そんなことないです」

「私、あなたのこと好きなんだと思う」

「ほんとですか」

「でも、そういう好きとは違うの」

「そういうって？」

「寝たいとか、そういう系の好きではないかなって」

「はあ」

猿渡はわかったようなわからないような顔をしている。

雅子はビールをひとくち飲んだ。

「私、あなたに描かれる時間が好きになったの。できればもっと描いてほしい。男女の関係になることもたぶん、できるよ。そのほうが、きっと楽に脱ぐことはできるんだと思う。でも触れあうより、ただひたすら私を見てほしいの。見ることで真の美に近づけるかもしれないっていうの、なんとなくわかってきたのよ。何日かかってもいいから、納得いくまで描いて。でも、描き終えるまで指一本たりとも触らないで。それでいい絵が描けるのかは、私にはわからないけど」

「大丈夫です。描けます」

燃えるような猿渡の強い視線に、負けないほどの目で雅子は見つめ返した。

# 夏の終わり

みんな紺のスクール水着に同じゴーグルをつけて、白いキャップをかぶっている。誰が誰だか、ぜんぜんわからない。

応援席は、家族らしき私服の人たちと、制服や体操服姿の生徒たちで埋まっていた。男子選手が番号の書かれた飛び込み台の前に進むと、そのたびに、なんとかせんぱーい、という高い声があちこちから上がった。

隣で杏梨が「もうすぐ山之内先輩出るよ。二百メートルクロール男子競泳だからね。ちゃんと大きな声出すんだよ」と言うので、「やだよあたし」と桃香はつぶやいた。

「応援してあげなよ。最後の大会なんだし」と杏梨は言ってから、いま飛び込み台に上がった子たちの中に知っている顔を見つけたらしく、大声で名前を叫んだ。

校内の水泳大会で優勝すると、都の大会に進出できるのだ、と電話で山之内は言った。

都で三位以内に入ると、推薦で体育大付属高に行けるかもしれないのだという。

朝、プールサイドで会った山之内は、水着にジャージを羽織った恰好でもじもじしてほとんど何もしゃべらず、遠くでピイッと笛の音がするとほっとしたような顔で「あ、集合だ。じゃ、がんばるね。来てくれてありがとう。これお礼っていうか」とポケットから小さな包みを出して桃香の手に押しつけた。

杏梨が、「なんなのそれ、ねえなんなの、開けてみなよ」と何度も言うので仕方なく開けると、小さいケースに金色の指輪が入っていた。「やばっこれ18Kって書いてあるよ。高いやつじゃん。すごーい。山之内先輩のお父さん、野球選手だもんね。いいなー。この緑の石ももしかしたら本物じゃん？　なんの石だろうこれ」と杏梨が盛り上がるそばで、桃香は困惑した。どうしよう、こんなの。すっごい迷惑。

それでほとんど不機嫌な顔で応援する気になれずに、でもつきあってくれた杏梨の手前、仕方なくしばらく応援席に座っていたのだったが、次第に飽きてきてもう帰ろうかな、誰が泳いでるかもわかんないし、何にも面白くない、と思い始めていたときだった。

向かい側の応援席の階段を下りている、制服姿の背の高い女子を見て、桃香は思わず立ち上がった。後ろで束ねたまっすぐな長い髪。うつむきがちな姿勢。

「小夜！」と叫んで両手を大きく振る。

なんでいるのかな。小夜も誰かの応援に来たのだろうか。

家出事件の日、小夜は早瀬さんとなぜ一緒だったか話してくれなかった。勇輝が送っていってくれたが、桃香も行く、と言ったら拒否された。なんだかショックだった。泣きそうな気分でうちに戻ると、ママが青白い顔で待っていた。

あれから家を出て、ママと近くのホテルで暮らしている。ママはまだパパと仲直りしていない。

あと二日で夏休みが終わる。それまでに、私は小夜と仲直りしたい。

必死に大声を張り上げてもう一度呼ぶと、やっと小夜は気づいてこっちを見た。

プールサイドをまわって、桃香のいる側に向かってくる。桃香は前列に座っている人たちをかき分け、座席を跨ぐようにしてプールサイドに出た。

近づいて、「小夜も来てたんだ、ちょうどもう帰ろうと思ってたところだったんだけど」と声を張り上げると、「好きなの？」と小夜は無表情な顔でいきなり言った。

「え」

「あの人のこと、好きなの」

コースの番号と選手の名前が、順番にアナウンスされている。歓声がそのたびに上がる。

「誰のこと」

「あの人」と小夜が飛び込み台のほうを指した。

「え、どの」と桃香も同じほうを向く。

山之内先輩のことだろうか。どこにいるのかな。たしか、第6コースって、と飛び込み台の後ろに並んだ選手たちに桃香が目を泳がせたとき、ピピピーッと笛が吹き鳴らされて、

「そこの二人！　審判の邪魔になるぞ！」と、臙脂色のジャージ姿の男性体育教師が叫んだ。

「あたしたちのことじゃん」

桃香は慌てて小夜を引っ張って、プールを囲った柵まで退いた。

「山之内先輩のことだったら、好きじゃないよ」

「じゃあなんでここにいるの」

「約束しちゃったから。でももういいの。帰ろう小夜。仲直りしよう。あたし小夜と気まずいのはもう嫌なんだ」と言いかけたところで、パーンと銃声が響き、わあっとひときわ大きな歓声がプールを包んだ。

「桃香何してんの。早くこっちこっち」と杏梨が走ってきて手をひいた。

「ここじゃ見えないでしょ。先輩飛び込んだとこだよ。左端、6コース」と杏梨は応援席に桃香を連れ戻そうと、手をつないで走った。離して、と桃香が言うのは歓声にかき消されてしまう。杏梨は桃香よりずっと背が高くて、力も強かった。

応援席の一番後ろに戻ると、杏梨はやっと手を放してくれた。

小夜は、と姿を探す。

さっきいたところにはいない。

小夜、どこ行っちゃったの。まだ近くにいるはず。

桃香は伸び上がって、応援席にいるたくさんの人たちの顔を、慌てて見回した。

急に大歓声が沸き起こった。みんないっせいに立ち上がる。

ああ、小夜がどこにいるかわからなくなっちゃう。

すごい、先輩抜くよ！　ほら桃香、見て！　山之内せんぱーい！　やばいやばい！　と杏梨が隣で飛び跳ねては叫んでいる。

小夜！　桃香は叫んだ。小夜！　どこ？

選手たちは抜きつ抜かれつ、ほぼ一列に近いかたちで二十五メートル地点を折り返そうと、進んでくる。早く！　早く！　と杏梨が叫んでいる。

小夜！　小夜、返事して！　どこにいるの？

みんながプールに向かって叫んでいる。折り返す直前、一位と二位が逆転した。それを追って三位以下の選手たちがクイックターンで次々に折り返す。

歓声がひときわ高まっていく。桃香は自分の声さえ聞こえなくなった。

小夜！　と叫びながら通路に出ようと人をかき分けた。みんななかなかどいてくれない。後ろから、桃香どこ行くの、と叫ぶ声がした。

桃香はやっとのことでプールサイドに出た。左から選手たちがぐいぐい泳いでくる。まもなく二回目の折り返しだ。わあっとまた歓声が高まってくる。

そのとき、右から黒い影のようなものがすごい勢いで走ってきて視界をかすめたと思うと、プールのほぼ真ん中あたりに飛び込んだ。

水音とともに、激しい飛沫が上がった。

一瞬何が起きたのか、誰にもわからなかった。コースを仕切っている浮きが、激しく波打っている。

何、いまの。誰か、落ちた？　応援席がざわざわする。

選手たちはターンして進みながら、次第に浮かび上がってくる。抜き手を切って最初に上がってきたのは第6コースの山之内だったが、3、4コースの選手たちは、前方の水中で制服のスカートも上着もめくれあがって下着が丸見えになったまま、めちゃくちゃに手足を動かして泳ごうとしているらしい女子がいるのに、驚いてペースを乱してしまった。

小夜！　プールサイドから桃香は叫んだ。小夜！

何度も叫びながら、走り出してそのままプールに飛び込もうとした桃香の腕を、タイムを測っていた教師が摑んだ。

小夜！　桃香は振りほどこうと激しく身をよじりながら、プールに向かって何度も何度も名前を呼んだ。

小夜！

暴れる桃香の腕を片手で摑んでいた教師の手がすべった。

反動で桃香の体は、後ろ向きにプールに飛び出すように倒れ、わあっ、というどよめきが起きるのとほとんど同時に、大きな飛沫を上げて水中に落ちた。

こんなに急な坂を、いつも上がってるわけ？ ルイ子はグーグルマップの指示通り裏門から入って、生徒たちが「遅刻坂」と呼んでいる急勾配の道を、汗をかきながら登った。

坂を上りきると、校庭が広がっていた。歓声のようなものが風に乗って響いてくる。校庭の奥にプールがあって、歓声はそこから聞こえてくるようだった。

正面玄関を素通りして、生徒の使う昇降口まで来ると、ルイ子は靴を脱いであがった。校舎はしんとしている。

靴を履き換えていた紺のジャージ姿の男子生徒に美術室の場所を聞き、ルイ子は言われた通りに二階にあがった。

ドアを引くと、すんなり開いた。あれ、鍵かかってないんだ、と思いながらそうっと覗くと、教室には誰の姿もないようだった。学校で描いてるって言ってたのに、場所変えたのかな。まさかあの女の家ってことはないよね。

だけどここ、なかなかいい環境じゃないの、とルイ子はドアから首を突っ込んだまま隅々まで見渡した。明るいし、天井も高いし、思ったより広い。教師なんてなんでやってんのかと思ってたけど、こんな部屋が使えるなら、いいかもしれない。

「あの、すみません」という声が後ろからするのに、ルイ子が驚いて振り向くと、女子生徒が二人、立っていた。

「あっごめんなさい」と身を退くと、生徒たちは美術室に入っていった。すれ違いざま、一人がちらっとルイ子を見た。思わずそれに続いてルイ子も入ってしまう。

生徒たちは窓際の机に学生鞄を放り出して、画材を広げ始めた。

「あなたたち、何年生？」

「一年です」

「美術部かなんか？」

「はい」と答えながら生徒たちが不審そうな顔つきで見るので、「あたし、猿渡先生の友達なんだ」とルイ子は言った。「先生、今日は来てないのかな」

「準備室じゃないですか。いつもそこにいるから」と一人が教室の前方を指すので見やると、黒板の横にドアがあるのに気づいた。

ノックしてみると、はい、という声がした。猿渡だ。ちょっと待てよ、と言っているのが小さく聞こえる。

まもなく、「なんだよお前ら今日は水泳大会じゃないのかよ」という声とともに準備室のドアが細く開いて、顔だけのぞかせた猿渡が、ルイ子を見て驚愕の表情になった。すぐに慌ててドアを閉めようとするのを、ルイ子は一瞬早く手で押さえ、左脚を室内に踏み入れて全身で大きく押し開けた。

狭い部屋の真ん中に、大きなカンバスが立ててある。その奥に雅子が、薄手のバスローブ姿で立ち尽くしていた。

ルイ子は息をのんだ。

猿渡が「何しに来たんだよ」と止めようとするのを振り切って、ルイ子はすごい勢いでイーゼルに向かっていき、カンバスを摑んだ。

ウエストをひねって振り返るポーズの、裸婦像だった。まだ色は半分ほどしか塗られておらず、白やピンクやオレンジなどで塗り重ねられた乳房が、まず目に飛び込んでくる。張りはなく、だいぶ垂れ下がっている。ひねった腰から背中あたりには皺が寄って、余った肉が皺の間から不恰好にはみ出している。臀部から太腿に向かって、たるんだ肉が何層か醜い段をなして、崩れていく寸前の果実のようだ。そのぐずぐずの肉体の線は、目を逸らしたくなるほど無残だ。なのにどこか神々しい。それが、女を見つめる描き手の視線の表れであることが、ルイ子にはわかってしまう。

なにこれ！

ルイ子は怒りと嫉妬のあまり体が震えた。なんなのよこれ！

騒ぎに驚いて、女子生徒たちもそうっとドアから部屋を覗いた。まず、はだけそうなバスローブ姿の雅子が目に入った。部屋の真中でルイ子が「壮ちゃんずるいよ」「こんなのずるい」などと叫んでいるのを猿渡に羽交い絞めにされてなだめられているのも見えた。やっとそれに気づいた雅子が「あなたたち、今日は帰りなさい」と慌ててドアを閉めたときには、薄い布越しに乳首が透けているのまで、すっかり見えてしまったのだった。

胸まるみえだったよね、と帰りながら女子たちは話した。やばかったね。もしかして下も、ノーパンだったんじゃないの。裸だったんだろうね。慌てて羽織ったんだよ。でもバスローブって相当やばくない？　などと言いながら、二人は校庭を横切った。プールからは歓声が聞こえてくる。こんなことになるんだったら水泳大会見に行けばよかったね、と一人が言った。でもそれもだるいじゃん、暑いし、ともう一人が答える。仕上げるはずだった絵は、ぜんぜん描けなかった。明日また描きに行かないとやばいね。でも、明日も猿渡先生がピンクばばあのヌード描いてたらどうする？　やだなあ。エロ渡、なんであんなばばあ描いてんの。キモすぎ。吐きそう。変態じゃん。

桃香と小夜は保健室で、びしょ濡れの下着も制服も全部脱ぐように言われた。脱いだらこれ着なさいね、と保健の先生に予備のジャージを渡される。プールから引き上げられてすぐに誰かが体に掛けてくれたバスタオルを先生は畳み、脱いだ制服はハンガーに吊るしてくれた。

それから検温されたり聴診器を当てられたり、怪我がないかあちこち調べられた後で、髪にドライヤーをすごい勢いで一人ずつかけられた。小夜の長い髪も、先生は遠慮なくぐしゃぐしゃにかきまわすようにして乾かした。あんたたちなんで制服のまま入ったの？ゲームかなんか？　それともいじめられて落とされたとかじゃないわよねまさか、とか先生はいろいろ問い質してきたが、ドライヤーの音で全部は聞こえなかった。それからタオルを一枚ずつ渡され、あとはそれで乾かして、しばらくそこで安静にしてから帰りなさい、と言われた。

水色の布を張った仕切りに囲まれた、二台並んだベッドにそれぞれ横たわる。

窓に引かれた遮光カーテンの合わせ目から、細く光が射していた。

隣にいるから、と先生が出ていって静かになると、窓の外から喧騒がかすかに聞こえてきた。

「眠くないよね」

しばらくしてぽつりと小夜が言った。

「うん、全然」

「こうして一緒に寝てるのってなんだか変な感じ」

「うん、なんか不思議。さっきまでプールにいたのにね」

「ごめん。桃香も落ちると思わなかった。水、つめたかったでしょ。寒くない？」

「だいじょぶ。ていうか、必死すぎてつめたいとかよくわかんなかった」

まだ、何が起きたのかよくわからない。

シーツの擦れる音がして、「ちょっとだけ、そっち入ってもいい？」と言いながら小夜がそうっと起き上がった。

並んで同じ布団にくるまると、小夜の体の温かさがほんのり伝わってきて、少しほっとした。

「なんか、こわかったよ」と桃香は言った。

「ごめん」

「小夜が死んじゃうような気がして」

「飛び込んだくらいじゃ死なないよ」

「そうだけど、なんか、そう思っちゃって」

「死ねたらよかったけど」

「やめてよ」

「桃香は私が死んだらかなしい？」

「かなしいっていうか、そんなのやだ」

「なんかね、時々何もかも嫌になっちゃうときがあるんだ。なんだかつらくて」

「なにがつらいの」

「桃香のこと考えると、つらくなったりする」

「私のせいなの。今もつらい？」

「今は平気」

さらに体を寄せる。小夜が髪をそっと撫でてくれた。桃香は目を閉じる。

「きもちいい」

「髪、まだちょっと濡れてる。つめたいね」

撫でられて、だんだん緊張が解けるのがわかる。一気に全身が布団に沈む感じがした。

「なんか、寝ちゃいそう」

「寝ていいよ」

目を閉じると、小夜の手の感触が強まる。

触りたいとか、触られたいとかって、いったい何だろう。それって、好きってことと本当に同じなんだろうか。

「小夜」と桃香は目を閉じたまま言った。「ごめんね」

「何が」

「突き飛ばして。好きかどうかわからないって言ったりして」

「うん。そう言われるの、ずっとこわかった」

「小夜のこと、好きなことは好きなんだよ」

「でも、私のほうがずっとたくさん好きだよね」

「どうしたら、同じくらいの好き同士になれるのかな」

桃香は目を開けて、小夜を見た。

「桃香はいつか男子を好きになる気がする」

「そうかな。山之内先輩は全然好きじゃないけど」

「誰のこともまだ好きじゃないんだよね」薄暗いなかで、小夜が目を伏せる。

「そんなことないよ。小夜のこともっと好きになりたいよ」

「桃香はなんにもわかってない」

「何が」と言うと、素早くキスされた。

「私の好きは、こういうこと。キスだけじゃないよ。同じくらいの好き同士になったら、もっと桃香に触りたい。それわかってる？　無防備すぎるんだよ桃香は。そんなんじゃ、いつか誰かに桃香をとられちゃう。いつも男は狙ってるんだから」

「こんなことしてくるの小夜だけだよ」

「そんなことないよ。チャンスがあればみんなするよ。こないだ早瀬さんといたの、実は偶然じゃないんだ。試しにあの人誘ってみるつもりで近づいたの」

「なにそれ」

「ぜんぜん引っかかんなかったけどね、あの人。やっぱ年上が好きなのかな。ロリコンの気はなかった」

「何したの」と桃香が思わず起き上がると、「男って簡単なんだよ」と小夜も身を起こしながら強い口調で言った。

「ちょっと誘うとすぐ引っかかるんだよ。好きだとか愛してるとか言って、嘘ばっか。子供にまで喜んで手を出すクズもいっぱいいるんだよ」

「小夜、いったいあの人と何をしたの」桃香は小夜の腕を摑んだ。長い髪が揺れる。

「だから何にもしてないよ。あの人引っかけて、桃香に男には気をつけたほうがいいって教えたかったたんだけど」

「何言ってんの。やめてよ。あの人ママの好きな人なんだよ」

「そんなの関係ないよ。みんな結局裏切るんだから」

「そういうの、嫌い」と桃香は強く言った。「みんなこうだとか決めつけるの、大嫌い」

「決めつけてるのはそっちじゃん」

小夜は激しく言った。

「女子を好きになるのは変だってほんとは思ってるでしょ。男子とつきあうのが普通だって。だからキスしただけで突き飛ばすんだ。ほんとは私と両思いになんかなりたくないくせに」

「そんなことないよ!」と桃香は叫んだ。「ついていけないだけだよ。いきなりキスしたり、好きでもない人とやろうとしたり、小夜はめちゃくちゃだよ」

「桃香のせいじゃん。桃香が何にも考えないで勝手に近づいてきたのがいけないんだよ。あたしはずっとこうならないように気を付けてたのに。桃香のこと、ずっと見てたんだよ、小学校のころから。ランドセル水色だったでしょ。あれ似合ってて、すごいかわいいなって思ってた。最初は見た目が好きなだけだったんだ。けど、中一で同じクラスになっちゃって、ますます好きになって、でもしゃべったりしないようにしなくちゃって、我慢してた。近づいたら絶対つらいことになるって、わかってたから」

「わかった。じゃあもう近づかないよ。もともと絵を描き終えたら、会わないつもりだったし」

「……そうなんだ」

「うん。明日描き終える。そしたらもう会わない。学校でもしゃべらない。それでいいでしょ」

それきり二人とも黙った。

間もなく、小夜から息を殺しているような気配がしてきた。

顔にかかった長い髪の間から、小夜の濡れた目が光って、桃香を睨みつけているのが見える。桃香も睨んだ。部屋の湿度が高いような気がする。息苦しい。小夜の呼吸がどんどん荒くなる。

小夜の口からかすかに声が漏れた。低くうなるような、苦しげな嗚咽が途切れ途切れに聞こえてくる。

いつのまにか桃香も泣いていた。うつむくと、布団に涙がぽたぽた落ちた。

会えなくなるのは嫌だ。ぜったいに、やだ。

小夜が好き。

泣きながら桃香は中腰になって、小夜の顔を両手で挟み、仰向かせた顔におおいかぶさるようにして、キスをしていた。しょっぱい味がした。小夜がすぐに嫌々をするように首を振ったので、顔を離して両腕で頭をじっと抱きしめると、まもなく小夜の細くて長い腕が、そっと腰に巻きついてきた。

# 九月

「僕を理解してくださるのは、あなた一人だけです。僕はあなたを愛します、深く、限りなく愛しています」

「さよなら！　もうお帰りになって」

夕暮れが迫る校舎前の広場に、演劇部の生徒たちの声が響いている。

毎年二学期に入ると、すぐに文化祭の練習が本格的に始まるのだが、今年はなかなか配役が決まらなかった。顧問の先生が決めた役が気に入らなくて、練習に来なくなる子が続出したからだ。特にラブシーンを演じるのを男子も女子も嫌がり、仕方なく先生がカップルを女子同士にすることにした結果、長身の佐々木かれんがロシア将校役になり、三女役の杏梨に愛の告白をすることになった。

「僕は、あなたなしには生きて行けません」

かれんが叫ぶと、抑えたどよめきが植え込みの前で出番を待っている後輩たちから起きる。今日は初めて立稽古をしているのだ。さらにかれんが杏梨のあとを追う。

「あなたは、僕の天女です！　僕の幸福のすがたです！　そんな眼をもった女性を、僕は一人も見たことがない」

またどよめき。

顧問が「静かに！　ふざけないで」と声を上げる。「佐々木さん、そんなわざとらしく男っぽくしなくていいから。軍人だから表向きはいかめしくてもいいけど、この場面はもうちょっと柔らかい声でいいよ」

今年はチェーホフの『三人姉妹』の翻案劇をやることになっている。杏梨もかれんも、いい役をもらえて張り切っていた。来年は受験生だから、文化祭に熱を入れられるのは今年までだ。杏梨は芸能コースのある高校を志望していて、かれんはそこよりも偏差値が高くて芸能活動のできる女子高を目指している。二人は同じティーンズ雑誌のモデル仲間でもあった。

日が落ちて夕闇迫る帰り道で、かれんは「私できれば衣装を赤にしたいな。赤が一番似合うんだもん」と杏梨に言った。

「むかしのロシアの軍人の制服、何色なんだろ」杏梨が台本をまだ手に持ったまま、校門までの坂を下りていく。

「だめだったら、手芸部の子に、どこかに赤い色の飾りとかつけてもらえないかお願いしてみようかな。なんてったっけ、去年も衣装作るの手伝ってくれた子」

「浅羽小夜でしょ」

「そうそう。杏梨、同じクラスだよね」

「あの子、最近あんまし学校来てないよ」

「えーなんで」

「知ってるでしょ、水泳大会が延期になった原因」

「プールに誰か落ちたっていうやつ？　あれ、浅羽小夜なの」

「そう。落ちたんじゃなくて、飛び込んだんだよ」

「え、なんで？」

「三角関係のモツレだって。あの子、レズなんだって」

「えーそうなの」

「しかも、相手は桃香」

「えっマジ？　桃香って、勇輝とつきあってんじゃないの」

「違うよ。桃香、山之内先輩と二股かけてたんだよ。それを小夜が怒って」

「なにそれ」

「夏休み中、昼間親がいないあいだ桃香のうちに小夜がずっと入り浸ってたらしいよ」

「やばー」

「桃香サイテーだよね。小夜はキモいし」

「僕はあなたを愛します、深く、限りなく愛しています」

かれんが練習したばかりの台詞を言いながら、うつむいて編み物をする手つきをして小夜の真似をするので、杏梨は爆笑して坂の途中で「やめてよー」と立ち止まった。

「そっか、それで杏梨、急に桃香と帰らなくなったんだ」とかれんは言った。

「うん。なんかさ」

「わかる。なんかキモいよね」


ママが呼び出されて、父親と別居中だと話さざるをえなかったのは運が悪かったと思う。

それで全部が「複雑な家庭の事情」のせいにされてしまった。そんな子、クラスにはたくさんいるのに。

ママは亜矢ちゃんに「思春期の生徒」が不安定なことを考えるように言われて、何度も申し訳ありませんと謝っていた。ママは何にも悪くないのに。

小夜があんなことをしたのは自分のせいだ、と桃香は丁寧に説明した。パパとママのことは全然関係ない。自分が小夜を好きなことを認めようとしなかったから、小夜は怒って飛び込んでしまったのだ、と。

先生たちはそういうのも全部、「思春期」のせいってことにしたいようだった。訳を知りたくて呼び出したくせに、なんで本当の理由じゃないものばかり探そうとするのかな。

亜矢ちゃんは「沢口さんは美術部よね」と言った。「猿渡先生から、何か変なこと言われたりはしなかった?」

「変なことってなんですか」

「たとえば、ヌードを描きたいって言われたりとか」

「ないですそんなの」桃香はびっくりして言った。

「あの先生、ヌードばっかり描いてるでしょ」

「そんなことないと思います。授業では静物画もたくさん見せてくれました」

「でも準備室にはヌードの絵ばっかりあるでしょう」

「そうじゃないのもありますけど」

「あの部屋に、沢口さんはよく入らされた？」

「用があるときは普通に入りましたけど」

「まあそれ、もういいんじゃないの。美術部の顧問は変わるんだし」と学年主任が言ったので、桃香は驚いた。

「変わるってどういうことですか」

「猿渡先生、しばらくお休みすることになったの」

そんなの聞いてない。先週、小夜を描いた絵を提出しに行ったばかりなのに。

あのとき先生が描いていた絵。大崎先生がピンクのスリップドレス姿で立っている大きな絵を見せてもらって、桃香は圧倒された。すごい迫力だった。みっしり血肉が詰まったような、あの太い腕。たるんだ首の皺。きれいとか醜いとかを越えて、ただ肉体の存在感が迫ってくる。桃香は思わず「すごい、生きてるみたい」とつぶやいた。

「そりゃ生きてるよ」と猿渡先生は笑った。「生きてる体を描いてるんだから」でも、自分の描いた小夜の肖像画は、それに比べたらあんまり生きてる感じがしなかった。それでそう言ったら、先生は「君の絵にはまた別の良さがあるけどね」と言った。あの絵、描き終わったらまた見せてくれるって言ってたのに。

「ああいう先生も悪影響だったかもしれないですね。申し訳ありません。でもしばらく謹慎させることになりましたから、ご安心ください」と亜矢ちゃんがママに言ったので、桃香はかっとして「猿渡先生は関係ないし、何にも悪くない」と大きな声を出した。たしなめるようにママが「桃香」と鋭い声を出した。

桃香は腹が立っていた。

小夜がいけないんだ、嘘ばかり言うから。

小夜は亜矢ちゃんに、好きな先輩を勝たせたくて思わず飛び込んだ、と言ったらしい。桃香は何の関係もない、自分をかばってるだけだ、と。

二学期に入ってから、小夜は学校を休みがちになった。

噂が立っていて、クラスの雰囲気がおかしいのはわかっていた。小夜が教室に入ってくると、みんなすぐおしゃべりをやめて変な空気が流れる。桃香が小夜に話しかけようとすると、視線を感じる。女子のこそこそ言う声や陰湿な感じの笑い声が聞こえたり、男子に奇声で囃したてられ、「レズ」と叫ばれることもあった。

桃香は杏梨からあからさまに無視されるようになって、代わりに勇輝がいつも一緒にいてくれるようになったが、「浅羽ともう話さないほうがいいよ」と余計な忠告もしてきた。それを聞かずに小夜のところに行こうとすると、手を摑まれて阻止された。それでも、負けないぞ、と桃香は思っていた。私は何も悪い事なんてしていない。だから普通に、小夜と仲良くするんだ。

なのに、小夜はだんだん学校に来なくなって、来ても近づこうとすると席を立ってしまったり、帰りも逃げるようにいなくなったりするのだった。学校以外なら話せるかと思って、何度かＬＩＮＥにメッセージを送ってみても、全部既読スルーされた。

どうしてなの。保健室でのこと、やっぱり怒ってるのかな。もう会わないとか言ったから？　それなのに無理やりキスしたから？

嫌われちゃったんだろうか。

小夜とちゃんと話がしたかった。

もちろん先生の私生活に口を出す気はありません。

校長室で、白髪のＰＴＡ会長はそう言った。ただ、子供たちは今そうした話題に敏感な年頃ですし、できれば放課後だろうと休み中であろうと、ああしたことを校内でするのは金輪際やめていただけないでしょうか。

ああしたことってなんでしょうか。モデルになること？　と雅子が聞くと、それもそうですし、あとはやはりなんというか、必要以上に接近されないようにしていただくというか、とこめかみ辺りの汗をぬぐった。こいつ、何にも聞いてねーな、と雅子は思った。だからそういう関係じゃないって言ってんだけど。

いつも地味なスーツに真珠のネックレスを必ずつけている教頭は、ねちねちと嫌味を言った。

猿渡先生がいらしてから、大崎先生の服装が急にお変わりになったでしょう。ちょっと心配してたんですよ。どうなさったのかなって。ずっとまじめにやってこられたから、ねえ。たまには羽目をお外しになりたいのもわかりますし、好きな男性の前できれいな色をお召しになりたい気持ちもわかりますけれど、あくまでも学内では教師ですからね。教師にふさわしい服装というものがありますでしょ。

違うよ、と雅子は内心で言った。猿渡が来る前から、ピンク着てたんだよ。あいつに見せるために着飾ってるわけじゃないんだよ。

校長には厳重注意された。当然だろう。学校で裸になったのは事実なのだから。でも、雅子はそれを考えると、どうしても笑いがこみあげてきてしまう。この私が、学校で全裸になるなんて。一年前まで、ピンク色の服を着ることさえできなかったのに。

頭がおかしくなったと思われてもしょうがないけれど、雅子は話しながら何度か、つい笑みをこぼしてしまった。

生徒たちの間にとんでもない噂が流れていることは、断片的に知っていた。雅子が自分から裸になって猿渡に描くように迫ったとか、猿渡を無理やり押し倒したとか、夏休みの美術準備室で毎日やりまくってたとか。

それでまた最近あだ名が変わって、どうやらゲロ子になったようだった。通りすがりに男子生徒がよく、キモッとかオエッとか言って吐く真似をする。

生徒たちにあんな姿を見られたのは大失敗だった。もちろん学校でヌードになったことも。でも、雅子は全く後悔していなかった。だからそう話した。何も隠さなくちゃいけないことはしていない。私たちは指一本触れあっていないし、そういうプライベートな関係ではない。猿渡はただ絵を描いていただけで、私はモデルをしていただけだ。

猿渡の絵は、もうすぐ完成するところまで来ていた。

続きを描くために、雅子はあと何度かモデルをつとめる約束をしていた。でももちろん、もう学校ではやらない。ルイ子とは別れるつもりだから、と猿渡は言っていた。そうしたらうちのアトリエをいくらでも使えるから、少し待っていてほしい。

まさか猿渡だけ自宅待機させられるとは思っていなかった。このまま退職させるつもりだろうか。雅子は校長に抗議したが、まあほとぼりが冷めるまでですから、と取り合ってくれなかった。

「できればもう一人、子供を産みたいような気がしてたの」と夕実は言った。「でももう無理ね、四十三になっちゃったし、だいたい今はそれどころじゃないし」と続けたので、早瀬はしまった、と思った。しばらく会わなかったから、誕生日のこと忘れてた。

「ごめん」と言うと、「何が？」と夕実はバーボンソーダのグラスを飲み干してから、「同じものください」とカウンター越しにバーテンダーに言った。

　やっぱり横顔がきれいだ、と思う。十四年前にロスのホテルのバーで声をかけたときもそう思った。

「離婚するかもしれないの。いま調停中なんだ。あなたとこうして会ってるの、もしかしたら夫の雇った探偵が見張ってるかもしれない」と言うので、ちょっとびっくりした。

「でもこっちはDNA鑑定って必殺技があるから」と夕実はグラスをちょっと上げて得意げな顔をした。「あのひと、桃香と血がつながってないから。ほんとの父親はあなただから」と言うのは冗談にしては趣味が悪かったが、アジールもいったん閉店するらしいし、別居しているのも事実のようだったから、精神状態が不安定なのは仕方がないと思った。

　もう四十三と聞いて驚いたが、自分の年を考えれば当然だ。出会ったとき俺はまだ二十歳そこそこで、夕実は二十八だった。メキシコから国境を越えてサンディエゴに入り、そのままカリフォルニア周辺をふらふら放浪していた俺と、商売の下見に来ていた夕実。たまたま同じホテルで、一週間いっしょに過ごしただけだったのに、忘れられなかった。三年前にディオールのショーで見かけたとき、だからすぐにあの女だと気づいた。

「運命」と俺は簡単に言いすぎると夕実によくたしなめられるけれど、簡単に言っているわけではない。夕実にしか使ったことはないはずだ。つきあった女は夕実のほかにもけっこういるし、同時進行していたこともある。夕実より美しい女も、賢い女も身近にいる。誰とだっていつ別れてもいいと思っているはずだが、こうして会っていると別れられないと思ってしまう。

どこに魅かれているかはよくわからない。会っていると、ふとしたときに美しいと思う。切り取りたくなる。それでシャッターを押す。

なんで撮るの、と前に聞かれたことがあった。見ていると四角く切り取りたくなるのだ。今この瞬間も、そうしたくなる。

「ゆうべ桃香に、早瀬さんと結婚するの、って聞かれちゃった」と夕実が言った。「なんて答えたの」と聞くと、「するわけないわよそんなの。まだ離婚だってしてないんだし」と微笑んだ。俺はほっとしたような気がする。

「結婚はもうしたくないけど、子供はもっと産みたかったな。あなたともっと早く再会すればよかった」

飲んだあとで、いつものようにホテルに行った。探偵が見張ってるんじゃないのかよ、と言うと、そのほうがすぐ別れられていいかも、と夕実は平気そうだった。でも俺、慰謝料とか言われたら払えるかなあ、と呟いたら、大丈夫、あの人は結局私が困るようなことはしないから、と言ったのでちょっと嫉妬した。

避妊するかどうか一瞬迷ったが、なぜかしなかった。夕実もそのまま受け入れた。どうしてそうしたくなったのかはわからない。夕実に言われたいろんなこと全部のせいかもしれない。このましちゃって本当にいいのか、と一瞬思いながら、結局運命に任せたくなった。夕実が子供を欲しがっているのならば、それもいいような気がしたし。

終わってからしばらく、ベッドでうとうとした。万一夕実の願い通りに子供ができたらどうなるのかなあ、と思っていたせいか、変な夢をみた。俺と沢口さんとお腹の大きい夕実と桃香ちゃんの、四人で暮らしている夢だ。

目覚めて「どうしてそうなるかなあ」と思わずつぶやいたら、「何が」と隣で夕実が寝返りを打った。

「いや、いま一瞬夢見てた」

「どんな」

「ありえない展開の」

「夢ってありえないのが普通でしょ。でも私、いま人生のほうがありえないことになってるから、どんな夢みても驚かないかも。どうしてこんなことに、って時々笑っちゃうけど」

「それって離婚のこと?」

「それもあるし、ここでこうしてることも含めて、全部」

確かにそうかもな、と早瀬は思う。さっきだってちょっと、ありえないことしちゃったもんな。

「なんであなたのこと好きになったのかなあ」

「今さら何だよ」

「だって不思議。最初に会った頃なんて、ほんとにガキだったのに」

「ひでーな」

「だっていつもきったない服着ててさ、毎晩おごってあげたのよ私」

「そうだったかなあ」

「そうよ。心配になっちゃって。この子放浪してるうちにお金なくなって、日本に帰れなくなっちゃったのかなって」

「そんなひどかったかなあ。俺あの頃すでに何度か向こうで賞もらってたんだよ」

「そんなのほんとだと思えなかったもん」

ひどいな、と言いながらキスをした。夕実は「こうしてまだ付き合い続けてるのが不思議」と呟いた。離婚するのって俺のせい？　と聞いてみたら、首を振った。

「あなたがいなくても離婚することになったと思う。すごく助けてもらったのに。だから好きになりたかったのに」

「俺は全然何も助けられないのになあ」

「そのほうがいい」と夕実が体を寄せてきたので、抱き合ってまた少し眠った。

夕実を送った後で、急にどうしても海が見たくてたまらなくなって、スタンドでガソリンを満タンにした。

海に着くころにちょうど空が白み始めて、海岸沿いの駐車場に停めた車の中で一服しながら、日の出を待った。夕実はもう眠っただろうか。少し寝てから、店に顔を出すとか言っていた。来週から買い付けらしいから、またしばらく会えなくなる。

次はいつ会えるのだろう。そう考えている自分に気づいて早瀬はびっくりした。よく女から言われては、嫌だと思っていた台詞だったからだ。

本当は夕実とまだ離れたくなくて、その気持ちの穴埋めに海を見に来たのだということに、早瀬はまもなくしてやっと気がついた。

先にこの子から連絡が来るとはね、と思いながら雅子はティーカップに口をつけた。学校から駅までの途中にある喫茶店。喫煙したいからテラス席でいい？　と聞くと、ルイ子は「あたしも吸いますから」と言った。

「猿渡先生はお元気？」

「会ってないんですか」

「二学期になって一度見かけたきり」

「あなたはなんで謹慎処分じゃないんですか」

「さあね。こんな年でも、女の教師が学内で裸になったって公になったら困るからじゃない？　そういうの、校長なんかの出世に響くのよ」

「確かに一般の学校じゃ、説明難しいかもしれないですよね」とつぶやいて、ルイ子はくすっと笑った。「美大だと日常なんだけど」

「猿渡先生は前に男のヌードモデルを学校に呼んでちょっと問題になったことがあったから、それを理由に処分したみたい。まあ見せしめみたいなもんね。生徒たちが噂に飽きて忘れるまで、目につかないようにってことだと思う。だからもうすぐ謹慎解けると思うよ」

「それは別にどうでもいいんですけど」

ルイ子は店の紙製マッチを片手で擦って煙草に火をつけた。そして煙を吐いてから「今日は、個人的なお願いがあって、来ました」と言った。

「なに？　猿渡先生ともう会うなとか、そういうの？」雅子も煙草に火をつけた。

「違います。もうあの人とは別れましたから」

「そうなの。じゃあその責任を取れとか」

「違います」と言いながらルイ子は、リュックから大きなファイルを取り出した。

「これ、ポートフォリオといって、あたしの作品集みたいなものです。今までの主な作品を撮影したもの」

分厚いファイルを差し出されて、雅子はよくわからないままに受け取る。ずっしりと重い。

「見ていただいて、もし気に入っていただけるようなら、次はあたしのモデルもやっていただけないでしょうか」

「え」

「猿渡とは違って彫刻だから、全方向から見られるし、複雑なポーズをとったりする場合もあって、時間もかかるし大変かもしれません。でも、制作は先生のお休みに合わせてスケジュール組みますから。なんとかお願いできないでしょうか」

「あなたのモデルを？　私が？」

「そうです」

「なんで」

「卒制にしたいと思って」

「ソツセイ？」

「卒業制作です。実は別のを作ってたんですけど、それやめて、あなたを作りたいんです」

雅子は話がよく飲み込めないまま、手元のファイルをぱらぱらとめくった。架空の生きものや、神話の世界の人物のような、美しい彫刻がいくつも写真のなかに収まっていた。

こんなファンタジックな作品と、ただのおばさんの私がどう結びつくっていうのよ。この子、私をだまして、なんか変な復讐でもしようって考えたりしてんのかしら。

「よくわかんないけどさ」と雅子はふーっと煙を吐いた。「私が猿渡先生のモデルになったこと、怒ってるのよねあなたは」

「まあ、最初はそうだったんですけど」

「学校に乗り込んできて、大騒ぎしたじゃない」

「はい。あのときは大変失礼しました。反省してます」

卒業制作って、すごく大事なものなんじゃないのかしら。なんでそんなのに、私を？

雅子はさらにファイルをめくって、その作品の数に驚いた。

「こういうのって、どのくらいのサイズなの」

女神のような裸体像を指しながら雅子が言うと、「それは等身大くらいですね」と言うので驚いた。そんなに大きいんだ。

「置き場所はどうしてるの。こんなにたくさんあったら、スペースに困るでしょう」

「大きなものはだいたい、大学に置いてます。でも卒業したらどうしようかと思って。実家の庭をつぶして倉庫を作ってもらうことにはなってるんですけど、全部は入らないし、運ぶのにお金もかかるし」

「大変ねえ。卒業したらどんなとこに就職するの？」

「しません。彫刻で食べていきたいので」

彫刻で食べるって、そんなことできるわけ？

この子、華奢に見えるわりに、腕力もあるだけじゃなくて根性もありそうね、と雅子は美術準備室でルイ子が暴れたときのことを思い出した。

「あのとき、猿渡の描いたあなたの絵を見て、あたしものすごい嫉妬を感じたんです」とルイ子は言った。「最初はそれって、恋人をとられたから嫉妬してるんだと思ってたんですけど、しばらくして、なんか違うなって思いはじめて」

「違うの」

「はい。全然違ったんです。ずるいってあのとき何度も叫んでたと思うんですけど、何がずるいと思ったかって、いいモデルを見つけた猿渡がずるいってことだったんです。猿渡の眼力と、ちゃんとそれを傑作にできることへの嫉妬だったんですよね。あたしたち、いつのまにか知らないうちに、恋人同士っていうよりライバル同士になってたんです」

「へえ」としか雅子には言えなかった。なんだそれ、と思いながら黙って紅茶をひとくち飲む。

でも、なんとなくわかる気もした。モデルを何日かやっただけだけど、あんな変わった経験って他にないもの。あんなに見つめられて、独占されて、他人の作品にされるなんて。嬉しいような、ひどく耐え難いような、不思議な経験だった。恋じゃないけど、恋にも少し似ていた。

「猿渡先生への敵対心から同じモデルを使いたいってことじゃないの？　それだったらお断りしたいんだけど」

「違います」とルイ子は前のめりになった。

「もっと言うと、あのときの嫉妬って、猿渡があなたを独占してることへの嫉妬だったと思うんですよね。ずるい、あたしもこのひとを独占したいっていう。たぶん、私と猿渡には似た感性があるから、あなたに刺激されるところが同じようにあるんだと思う。私、今までみたいな幻想的できれいなだけの作品はもういいんです。もっとリアルで、強い存在感のある人物像を作ってみたいと思ってたんです。それで卒制のテーマを「グロテスク」にしてたんですけど、結局それも架空の生きものしか今のところできそうになくて、悩んでたんです。でも、あなたがモデルをしてくれれば、絶対うまくいくと思って。どうかお願いします。考えてみていただけませんか」

雅子はルイ子の熱を帯びた口説き文句に中《あ》てられたようになって、帰りは一駅分を歩いて帰った。

どういうことなの、これって。

なんだかだまされてるような、夢みてるような、不思議な気分だ。地味に普通に生きてきただけなのに、なんで急に半年の間に次々モデルを頼まれちゃうのかしら。モデルってもっと、若くてきれいで誰もがうらやむような容姿の人がやるもんだと思ってた。生徒のなかにもけっこういるわよね、中川杏梨とか、佐々木かれんとか、あんな子たちが頼まれるならわかるんだけれど。

しかし、グロテスク、って。

あの子、遠慮ってものを知らないわね。

ふふふふ、と思わず歩きながら雅子は笑い声をたててしまう。更年期とかエロばばあかガマガエルとかゲロとかグロテスクとか。どいつもこいつも言いたい放題ね。

ふふふ。どこが真の美なのよ。

あいつ、全然連絡ないけど、どうしてるんだろう。

ねえ、わたし、あんたの彼女のモデルもやるかもしれないけど。いい？

# 文化祭

「どうしよう、裾引っかけて、ちょっと破れそうなんだけど」

舞台そでに退場してくるなり、かれんがズボンの裾を持ちあげながら言った。

「衣装係は？　どこ行ったの！」

さっきまで小夜がそこにいたのに、と桃香は見回した。

ステージでは、煌々とスポットライトを浴びながら、青いワンピースを着た杏梨がセリフを言っている。

「あたし、ずっと待っていたの。モスクワへ移ったら、むこうであたしの本当の人に出会えるってね。あたしその人のことを空想して、恋していたの……」

桃香は紺のジャージ姿で軍手を嵌め、上手の袖に待機していた。第四幕の背景となる庭の絵の描かれた、大きな板が後ろにある。三幕目が終わったら、背景を転換するために待機しているのだ。

本番になるとみんなテンションが上がって動きが激しくなるせいか、衣装や道具が壊れたりする。桃香は客席で見ていてもよかったのだが、なんだか心配で、当日の大道具係を買って出ていた。

十一月二十日。

創立記念日でもあるこの日に、毎年文化祭が行われる。教室での展示のほかに、午後からは体育館で演劇や器楽やダンス部の発表が行われるのが目玉で、平日にもかかわらず、保護者も大勢見に来ていた。

桃香は美術部の副部長として、今日のためにこの三か月弱、毎日居残って準備をしてきたのだった。

結局、猿渡先生は学校を辞めた。小夜の絵を渡しに行って以来、会っていない。

大変な三か月だった。ママと一緒に家を出てからしばらくホテル住まいだったのが、ちゃんと引っ越しもしたし、パパとはじめて二人だけで旅行もした。離婚調停はまだ終わってないけれど、とりあえず桃香は好きなようにパパに会いに行っていいことになった。

パパはママが出て行ってすぐは、会社の人を使ってママを呼び出そうとしたり、桃香の携帯に電話してきてママと話そうとしたり、他にもいろいろやってたみたいだったけど、どうしてもママが戻らないとわかると、桃香の前で泣いた。

それからパパは急に元気がなくなってどんどん痩せてしまい、可哀そうだったから十月の連休に誘って、二人で軽井沢まで行ったのだ。アウトレットでお揃いのスニーカーを買ったら、そのときだけパパはちょっと笑った。

パパはたぶんママに嫌われちゃったんだろうと思う。でもパパには私がいるし、まだこれから誰か探してもいいんだし、と桃香は励ました。お金持ちなんだから、もっときれいで若い女の人を見つければいいじゃん、と言うとパパは、ママじゃないと嫌なんだ、とつぶやいた。

わかる。わかるけどね、パパ。と桃香は心の中で思った。両想いってなかなか難しいんだよ。

「小夜どこに行ったの」と袖に退場してきた杏梨が声を殺して叫んだ。メイク係の一年生が横から、額の汗を拭いてあげている。

「あたしの次の衣装は？　ねえ衣装係ほかにいないの？　黒いドレスはどこ？」

「裏にあったよ」と誰かが言った。

「俺、取ってくるよ」

男子の衣装の着替えを手伝っていた勇輝が、ダッシュで舞台裏に向かう階段を下りていく。二学期から塾通いのためにサッカー部を休んでいた勇輝は、結局やめてしまって、代わりに手芸部に入っていた。手芸部に男子は他にいないから、みんなびっくりしていたけれど、楽しそうにしているから、今のところ誰も冷やかしたりはしていない。

勇輝、ちょっと背が伸びたな、と後姿を見ながら桃香は思う。ずっと同じくらいだったのに、そのうち追いつかなくなるのかな。

あと一幕で終わりだ。最後に杏梨の見せ場がある。それを客席で見たくて、桃香は残りの搬入を男子たちに任せて、その場を離れた。

杏梨からは無視されたまま、ずっと口を利いていない。

自分の衣装を小夜が作ることになっても、杏梨は嫌がらなかった。だから、小夜のことほんとはキモいとか思ってないんだろうな。杏梨はきっと、私のことだけ許せないんだと思う。私と小夜が知らない間に仲良くなっていたことに、杏梨は傷ついたんだ。ずっと親友だったから、その気持ちはよくわかった。

でも小夜とのことを、杏梨にどう話せばいいのか、桃香にはわからなかった。

このまま仲直りできないまま卒業して、会うこともなくなるのかもしれない。杏梨は高校に入ったら芸能活動を本格的にやるって言ってたし、きっとどんどん遠い存在になる。

せめて杏梨の中学での最後の舞台を、桃香は見守りたいと思った。来年の今ごろはもうすっかり、受験一色になる。

「やがて時が来れば、どうしてこんなことがあるのか、なんのためにこんな苦しみがあるのか、みんなわかるのよ。わからないことは、何一つなくなるのよ」

杏梨は黒いドレスをまとい、姉役と次女役に寄り添うように立ちながら、ライトを浴びている。後ろには、桃香が下級生たちと描いた並木の絵が見える。杏梨きれいだなあ。ハーフだし、あんな服を着てるとほんとにロシアの女の人みたい。

「似合ってるねあの衣装。がんばって作って良かった」

気づくと隣に小夜が立っていた。

「小夜、どこにいたの」

驚きながらささやく。小夜ともずっと、口を利いていなかった。暗くて、誰も小夜がここにいることに気づいていない。まだみんな探しているかもしれない。

「もう行かなくちゃいけないから」と小夜がつぶやいた。

「え、まだこれからダンス部と、最後の全校合唱があるじゃん」

「いいの。先生には言ってあるから。わたし、転校するんだ」

「え、どこに?」

「今日で終わりなの。演劇部を観たら、帰ることになってるんだ」

「え、今日?」

「ごめんね。先生には誰にも言わないでってお願いしたから」

「なんで? どこに行くの、小夜」

桃香はつい声が大きくなってしまう。客席の何人かが、咎めるように振り返るのが見えた。

舞台では三人姉妹が抱き合っている。「ああ、可愛い妹たち、わたしたちの生活は、まだおしまいじゃないわ。生きて行きましょうよ!」

もうすぐ劇が終わる。

小夜が桃香の耳元で、それでね、と言った。ちょっとお願いがあるんだけど。

桃香は初めて学校をさぼった。

文化祭の途中で、小夜と一緒に抜け出したのだ。

「これから初めての仕事なんだ」と小夜は言った。「早瀬さんのクライアントのモデルとして使ってもらえることになったんだ」

「え、早瀬さんって、あの早瀬さん？」

バスの一番後ろの席に並んで座り、桃香は小夜を見た。久しぶりにちゃんと顔を見てしゃべる気がする。

「そう。桃香のママの恋人の」と小夜が言う。「あの人、いい人だね。男ってみんなあんまり信じられないって思ってたけど、人によるんだね」

「うん」と桃香は答えた。

あの人、私のほんとうのお父さんかもしれないから。桃香は内心でひそかに話しかける。ママはまだはっきり教えてくれないけど、そうだったら小夜にだけは打ち明けたいと思っていた。それにママはもしかしたら、赤ちゃんがおなかにいるのかもしれない。美紀子さんが、早瀬さんの子かしら、ってバイトの奈緒ちゃんと噂しているのを聞いてしまった。

ママはとりあえず店を閉めて、今住んでいる部屋の隣室に在庫を移し、通販ショップを始めている。今までのお得意さんも時々買いに来る。美紀子さんは毎日そこに来ていて、奈緒ちゃんも今まで通り週三日のアルバイトだ。桃香も時々、手伝いに行く。

「あたし早瀬さんに、写真を教えてもらってるんだ」

「え、写真、興味あったの」そんなの初めて聞いたけど。

「ぜんぜん」と小夜は笑った。笑うのも、久しぶりに見た。

「早瀬さんがすすめてくれたんだよ。あれから何度か会ったの」

「変なことしてないよね」桃香が不安そうに言うので、小夜は「してないよ」と微笑んだ。

「それからね、撮るのもいいけどモデルもやってみなよって。被写体としても才能あるかもしれないからって。最初はだまそうとしてるのかと思ってたんだけど」と小夜はまた笑った。「そんなことなかった。モデル事務所いくつか紹介してもらって、その中から自分で気に入ったとこと何回か面接して、契約したんだ。女の人がやってる事務所。シーナについてきてもらって、早瀬さんも立ち会ってくれた。シーナ、早瀬さんのことすっごい気に入ってたよ。ママから聞かなかった？」

「聞いてないよ。ママは、私たちがまだ喧嘩してると思ってる。ずっとしゃべってないって言ってあるから」

「ごめん。学校で口きいたら桃香までハブられちゃうと思って」

「いいのにそんなの」

「それに、やっぱりこわかったんだ。桃香に振られるのがずっとこわかった。いつか、やっぱり男子とつきあうって言われそうな気がしてたから、このまま離れるほうが楽って思っちゃって。逃げたんだ」

でも、と小夜は続けた。

「写真撮るようになってから、ちょっと気持ち変わったんだ。なんでも撮ってみてるんだけどね、まだ下手だから、思い通りに写せないの。でもそれがすごい面白くて。そしたらさ、桃香が自分の思い通りに好きになってくれなくても大丈夫な気がしてきた。そんなことより、桃香のことを撮りたいなーって」

そういえば、小夜とは放課後遊んだり、携帯で一緒に写真撮ったりしたこともなかったな。もう学校で会ったり、一緒に帰ったりできなくなるなんて、ほんとかな。桃香は急にさびしくなった。

「気持ち変わったんだったら、転校することなくない？　また学校で会おうよ。みんなが何言ってきても関係ないじゃん。二人でいれば大丈夫だよ」

「転校はするよ。ずっと考えてたし」小夜は静かな声で言った。

バスは青山あたりを過ぎて、信濃町方面に向かっていた。

「でも、転校しても会えるよね」

「しばらくは会えないかも」

「なんで。しばらくってどのくらい？」

「とりあえず四年くらいかな」と言うので桃香は仰天した。四年も？

「アメリカにね、行くことにしたんだ」

「えっ、アメリカ？　なんで？　そんな遠くにどうして」

「モデル事務所の社長さんに薦められて。その人、英語もフランス語も中国語もぺらぺらで、かっこいいんだよ。ロサンゼルスと、香港にも拠点があるんだって。それに早瀬さんも、もっといろんな種類の人がいることを知ったほうがいいよって。君には日本は窮屈すぎるかもしれないって。早瀬さんの写真の先生のおうちにホームステイして、学校に通うの。シーナも賛成してくれたし」

さらに小夜は「向こうの学校は十二月から次の学期が始まるんだよ。今はちょうど期末試験が終わったところで、もうすぐ感謝祭の休みに入るから、その間に行くの。先週荷物ぜんぶ送ったんだ」と言った。

桃香はあまりのショックで思わず「そんなのダメだよ」と言ってしまった。

「そんなのめちゃくちゃだよ。なんで中学の途中で、そんな遠くに行かなきゃいけないの。学校でみんなからハブられるから？　そんなの私が守るのに。それじゃだめなの？　私から嫌われなかったら、誰にどう思われてもいいって言ってたじゃん。会えなくなるのはいやだよ。私、小夜のこと好きなんだよ。ほんとだよ」

桃香はほとんど泣きそうな声になった。

小夜はバスに揺られながらまっすぐ前を向き、「私も桃香が好き。大好き。でも私、やりたいことができたの」と言った。「まだ誰にも言ってないんだけどね、夢ができたんだ。私、カメラだけじゃなくて、あっちで服を作る勉強もしたいんだ。いつか好きな服を作って、それをかっこよく着て、その写真をかっこよく撮って、世界中の人に見せたい」

「日本でやればいいじゃん、そんな遠くに行かなくても」と桃香が言おうとした時、「そんなの無理かな」と小夜が心細そうな声になった。

桃香は強く首を振った。大丈夫。小夜ならきっとできるよ。

バスを降りてすぐの大きなスタジオに入ると、早瀬さんと、モデル事務所の女の人が待っていてくれた。たくさんの大人に囲まれてメイクされ、腰まである長い髪をゆるく巻いてきらきらのラメを吹き付けられて、大きなリボンが後ろについた白いドレスを着た小夜は、まるで別人のように見えた。巨大なスクリーンのようなものの前に立ち、フラッシュを何度も浴びながら指示されたポーズをいくつもとる小夜を、桃香はスタジオの隅の椅子に座ってぼんやり眺めていた。

帰りのバスでは、桃香はあまりしゃべらなかった。小夜は「桃香が見ててくれたから、あんまり緊張しなかった。桃香に描いてもらったときのことを思いだしたよ」と微笑んだ。

落ち着いたらメールするね、と小夜は言った。

ほんとうに行っちゃうの？　と桃香は聞いた。

うん、でも、どうなるかはわかんない。これからどうなるかなんて、誰にもわかんないもんね。すぐ戻ってきちゃったりしてね。ホームシックになって。

小さくて、でも、凜とした声だった。だったら行くのやめなよ、と思わず言いそうになってのみこみ、なんだか泣きそうになった桃香は、慌てて怒ったような大きな声で、それか、すっごく楽しくてもうずっと帰ってこないかもね、と言った。

# 十二月

桃香は遅刻坂に散り始めた赤や黄色の落ち葉を踏みながら、一人で下校した。裏門を出て、うちとは逆の、赤坂のほうに向かう。

猿渡の個展が始まったことを、桃香は雅子から教えてもらった。

雅子は夕実の新しい店に、変わらずよく服を買いに来ている。

勇輝のお母さんがお直しの仕事をしに来るようにもなっていて、今までの業者より安くきれいに直してもらえる、と夕実は喜んでいた。小学生の頃の勇輝の他所行《よそゆ》きの服が全部手製だったのを思い出して、頼んでみたらしい。お母さんと一緒に、勇輝もたまに塾に行く前に店に顔を出しては、ここは俺が縫ったんだ、とか言っていた。ほんとかどうかわからないけど。

先週来たときに、雅子は「これは学校のみんなには内緒ね」と個展のDMを渡してくれた。「頼まれたの。絵ができたら見せるってあなたに約束したんだってね」

DMには、猿渡がいなくなる直前に見せてもらった、ピンクのスリップドレス姿の雅子を描いた絵が印刷されていた。

ギャラリー・イフで久しぶりに会った猿渡は、さらに痩せて、髪がますます伸び、黒いシャツは相変わらずよれよれだった。

桃香は夕実に言われたとおり、見附の駅前で買った花束を渡した。

「おめでとうございます。これ母からです。またルイ子さんといらしてくださいって」と新しいショップカードを一緒に渡すと、猿渡は「ありがとう。ルイ子に渡しとくよ」とポケットに入れた。

初日のせいか、画廊の中は知らない大人がたくさんいてざわついていた。桃香はその間をすり抜けるようにして、絵を一枚ずつゆっくり見た。

すべて、雅子がモデルだった。

ピンクの服を着た雅子が、壁のあちこちに掲げられている。一番目立つ真ん中の壁には、ヌードの雅子の絵が三点掛かっていた。

桃香はそのうちの、一番大きな絵に釘付けになった。

ソファに寝そべった、丸太のような裸の女。醜い皺もたるみもすべて克明に写し取ったかのような猿渡の筆致を、桃香は近寄って舐めるように観察した。この女の人、なんだか強そう。絵の具の塗り方のせいかな。チューブを直接塗りつけたかのような、立体的な筆致だ。このやりかた、美術部で少し教えてもらったけど、こんなふうに荒々しく、でもいろんな色をみんなきれいに出すのって、どうすればいいんだろう。

少し離れたところからも、眺めてみた。

やっぱり強くて、ワイルドな感じがする。孤独な感じもする。一匹で草原にいる雌のライオンみたい。こっちをにらんでる目つきも、かっこいい。

猿渡先生は大崎先生をこんなふうに描けていいなあ。

翌週の約束した時間に猿渡のアトリエを訪ねると、ルイ子が出迎えてくれた。

「私もう猿渡とはつきあってないからね。子どもの美術教室を共同でやってる、ただの同居人だから」とルイ子は言った。

離れにある蔵にまず案内されて、ここが自分の教室兼アトリエなのだと言われた。ぼろいけど天窓が素敵でしょ、と中も見せてくれた。制作中らしい、魔女のようにおそろしげな風貌の彫刻が置いてあり、そのモデルが雅子だと聞いて、桃香はびっくりした。これも大崎先生なの？

「あいつと、雅子さんを取り合ってんのよ。もう壮絶な争奪戦だよ。時間がないから、しょうがなく大学じゃなくてここで作ってるの。雅子さん、いま母屋の猿渡のアトリエにいるよ」

ルイ子の後をついて、古びた木造の家の暗い廊下をすすむと、広い板張りの部屋に出た。縁側に置かれた籐の椅子に、庭を背にして、雅子が座っているのが見えた。モヘアのセーターを着ている。いつものようにピンクだ。いかり肩で太っているから、ますます着ぶくれて見える。

桃香が入っていっても、どっしり椅子に凭れたまま、雅子は微動だにしない。

猿渡がそれを描いている。

穏やかな初冬の日差しが、縁側の黒光りした床に当たって、雅子の顔を下からかすかに照らしている。

鉛筆を持った猿渡の右手が、紙の上を細かく行き来しながら、雅子の顔の輪郭を描き、さらに目を、鼻を、そしてふたたび顔の輪郭を微調整し、目鼻の陰影を出し、最後にくちびるを描いていくのを、桃香はじっと見ていた。

鉛筆の細い線がいくつも重なって、雅子の柔らかそうなくちびるが形作られていく。猿渡が雅子を見て、絵を見て、また雅子を見て、という繰り返しに全身で没入しているのがわかる。見るのと描くのが、同時に起きているみたいだ。

私もいつか小夜をこんなふうに描ける日が来るといいな。かっこよくなって帰ってきた小夜を、ちゃんとかっこよく描けるようになりたい。

サンディエゴの小夜からは、一度だけメールが来た。添付されていた、小夜が撮ったたくさんの写真を、桃香は一枚ずつ見た。いろんな肌の色をした女の子たちの写真がいっぱいあった。杏梨に少しだけ似た、瞳が緑色で金髪の女の子が笑っている写真を、桃香は一番いいと思った。

メールには「げんき？　こっちはいつも晴れてる。光が違うから色がすごく鮮やかに撮れるよ。ここで桃香を撮ってみたいなってよく思う」と書いてあった。

「猿渡先生」

思わず桃香は声を出した。

「私も描いていい？」

「おう、そのへんの紙使っていいよ」と猿渡が手を止めずに言う。

「ちょっとー。桃香ちゃんまで雅子さん描くの？　もう二時間経ったよ。そろそろ返してよ」とルイ子が不満そうな声を出す。

「大崎先生もここで暮らしてるんですか」

「違うわよ。モデルをしに来てあげてるだけ。この人と、ルイ子さんの」と雅子が顔を動かさずに答える。

ルイ子が「猿渡ね、雅子さんにまた脱いでほしくて口説いてるんだけど、ふられ続けてるんだよ」と桃香に耳打ちする。「しつこい男ってやだよね。もう諦めればいいのにね」

「全部聞こえてるぞ」と猿渡が背を向けたまま言う。

「あーあ、早くモデル返してくれないかなー。桃香ちゃん、あたしの作ってる雅子さんかっこよかったでしょ」

「うるせーなもう、邪魔ばっかするんだからお前は。ちょっと休憩するか。沢口と話もしたいし」

猿渡が鉛筆を置いた。

「じゃあ、お茶淹れようね。今朝ケーキ焼いたのを持ってきたんだけど、みんな食べるでしょ」

雅子がはまり込んだ椅子から「よいしょ」と立ち上がると、その背後の庭木の葉が風に揺れて、きらきら光るのが見えた。

「リトルガールズ」は
第三十四回太宰治賞受賞作品です。

作中「文化祭」の台詞の一部は、
チェーホフ『桜の園・三人姉妹』
神西清訳（新潮文庫）から引用しました。

錦見 映理子（にしきみ・えりこ）
一九六八年生まれ、東京都出身。
フリー校閲者。また歌人として活動。
未来短歌会所属、現代歌人協会会員。

# リトルガールズ

二〇一八年一一月一〇日　初版第一刷発行

著者――錦見映理子
発行者――喜入冬子
発行所――株式会社筑摩書房
一一一―八七五五
東京都台東区蔵前二―五―三
電話番号　〇三―五六八七―二六〇一（代表）
印刷・製本――三松堂印刷株式会社



ISBN978-4-480-80484-6 C0093